DIE VIERTE ROTE LATERNE

VINCENT GRAVES

DIE VIERTE ROTE LATERNE

Ein Inspektor Barton Roman

Von

VINCENT GRAVES

Impressum

Autor & Herausgeber:

Pseudonym Vincent Graves

Yusuf Özkan
Bieberer Str. 64
63065 Offenbach am Main
Deutschland

E-Mail: yusufoezkan7@gmail.com

Verantwortlich für den Inhalt gemäß § 5 TMG:
Y.ÖZKAN – Pseudonym Vincent Graves

Cover & Illustrationen:

KI-generiert mit DALL·E 3 und weiter bearbeitet durch Y.ÖZKAN – Pseudonym Vincent Graves

Dieses Buch ist ein Werk der Fiktion. Jegliche Ähnlichkeiten mit lebenden oder verstorbenen Personen, realen Ereignissen oder Orten sind rein zufällig und nicht beabsichtigt.

Haftungsausschluss:
Der Autor übernimmt keine Verantwortung für die Nutzung der in diesem Buch enthaltenen Informationen oder Inhalte außerhalb des beabsichtigten Unterhaltungszwecks.

Bibliografische Information der Deutschen Nationalbibliothek: Die Deutsche Nationalbibliothek verzeichnet diese Publikation in der Deutschen Nationalbibliografie; detaillierte bibliografische Daten sind im Internet über http://dnb.dnb.de abrufbar.

Die automatisierte Analyse des Werkes, um daraus Informationen insbesondere über Muster, Trends und Korrelationen gemäß §44b UrhG („Text und Data Mining") zu gewinnen, ist untersagt.

Lektorat: Y.ÖZKAN

Korrektorat: Y.ÖZKAN

Verlag: BoD · Books on Demand GmbH, Überseering 33, 22297 Hamburg, bod@bod.de

Druck: Libri Plureos GmbH, Friedensallee 273, 22763 Hamburg

ISBN: 978-3-8192-7871-6

Inhalt

Einleitung –
Einladung nach
Shanghai

London, 1928. Der Regen fiel in dünnen, schrägen Fäden auf die dunklen Pflastersteine der Stadt. Das rhythmische Tropfen gegen das Fensterglas des kleinen Büros in Whitechapel vermischte sich mit dem fernen Hufgetrappel der Pferdekutschen. Inspektor Edward Barton saß in seinem abgenutzten Ledersessel, eine dampfende Tasse Tee neben sich, während er die Briefe auf seinem Schreibtisch überflog. Die meisten waren belanglos – Anfragen, die er ignorieren konnte, Berichte über Verbrechen, die keine besondere Aufmerksamkeit verdienten.

Doch einer stach heraus.

Ein blutroter Umschlag, versiegelt mit einem unbekannten Wappen.

Barton nahm ihn in die Hand. Das Siegel war kunstvoll, ein fein gezeichnetes Symbol, das ihm vage bekannt vorkam – ein stilisierter Drache mit vier geschwungenen Linien darunter. Er zog sein Taschenmesser aus der Jackentasche, durchtrennte vorsichtig das Siegel und entfaltete das Schreiben.

Die Worte waren in makelloser Handschrift verfasst, die Tinte kaum getrocknet.

**„Inspektor Barton,
Wenn Sie dies lesen, bedeutet es, dass meine Zeit bereits abgelaufen ist. Shanghai ist nicht mehr sicher für mich – doch es gibt Dinge, die ans Licht gebracht werden müssen. Dinge, die nur Sie entschlüsseln können.
Treffen Sie mich im Hafenviertel. Das Teehaus bei den vier roten Laternen, um Mitternacht in Shanghai. Vertrauen Sie niemandem.
J. M."**

J. M.
Jonathan Mercer.

Der Name ließ Bartons Miene verhärten. Er hatte Mercer vor Jahren kennengelernt – ein britischer Agent, der in den dunklen Ecken der Welt operierte, wo Politik und Verbrechen untrennbar miteinander verwoben waren. Wenn Mercer sich an ihn wandte, dann bedeutete das nur eines:

Es war gefährlich.

Er lehnte sich zurück, starrte aus dem Fenster. Die flackernden Laternen tauchten die nebligen Straßen in geisterhaftes Licht. In seinem Inneren wusste er, dass er diesen Brief ignorieren sollte. Dass er einfach den Umschlag verbrennen und diesen Fall jemand anderem überlassen könnte.

Doch das war nicht seine Art.

Ein Tag später verließ Inspektor Barton London auf einem Frachter, der von Southampton nach Port Said dampfte. Die Reise über das Mittelmeer verlief ruhig, doch Barton verbrachte die Tage damit, Mercers Brief immer wieder zu lesen, nach Hinweisen zu suchen, die er übersehen haben könnte. Der Name des Teehauses, die rote Laterne, das Symbol des Drachens – es ließ sich alles auf Shanghais Unterwelt zurückführen, auf die geheimen Netzwerke der Triaden, die die Stadt kontrollierten.

Während der Schiffsdurchfahrt durch den Suezkanal starrte Barton in die Dunkelheit der Wüstennacht, das entfernte Flackern der Beduinenfeuer am Horizont. Der Gedanke ließ ihn nicht los: War es eine Falle? Und falls ja – wer hatte sie für ihn aufgestellt?

In Aden wechselte er das Schiff. Ein schnellerer Dampfer brachte ihn nach Colombo, dann weiter nach Hongkong. Die Reise war eintönig, doch er beobachtete seine Mitreisenden – Kaufleute, Missionare, Matrosen und zwielichtige Gestalten, von denen einige mehr über ihn wussten, als sie zugaben.

In Hongkong verbrachte er eine Nacht in einem billigen Gasthaus in der Nähe des Hafens. Die engen Gassen rochen nach Gewürzen, abgestandenem Wasser und Opium. In einer dunklen Bar hörte er zum ersten Mal von der Schwarzen Schlange, einer mächtigen Triade, die tief in Shanghais Unterwelt verwurzelt war. Er fragte sich, ob Mercer sich mit den falschen Leuten eingelassen hatte.

Am nächsten Morgen nahm er das letzte Schiff – eine rostige Dschunke, die ihn über das Südchinesische Meer nach Shanghai brachte. Der Himmel war grau, der Wind frisch, und als die Silhouette der Stadt in der Ferne auftauchte, wusste Barton, dass es kein Zurück mehr gab.

Shanghai

Der Nebel hing schwer über dem Huangpu-Fluss, als Barton an der Anlegestelle von Shanghai ankam. Schon beim ersten Schritt auf den steinernen Kai spürte er, dass die Stadt eine andere Welt war. Der Hafen war ein Chaos aus Schiffen,

Menschen und Lärm. Chinesische Arbeiter schleppten Kisten, britische Offiziere in weißen Tropenuniformen beaufsichtigten den Handel, zwielichtige Gestalten huschten zwischen den Lagerhäusern umher.

Barton zog seinen Mantel enger um sich und sah sich um. Niemand erwartete ihn – oder doch?

Eine Gestalt lehnte rauchend an einem Laternenpfahl. Ein Mann mit harten Gesichtszügen und britischer Haltung.

„Inspektor Barton?", fragte er mit rauer Stimme.

Barton nickte.

„Captain Richard Holloway", stellte sich der Mann vor. „Britische Kolonialverwaltung. Mercer hat mich geschickt."

„Wo ist er?"

Holloway nahm einen tiefen Zug von seiner Zigarette, dann blies er den Rauch langsam aus: „Er wollte Sie im Teehaus bei den vier roten Laternen treffen."

„Und? Fragte Barton.

Holloway sah ihn mit einem Ausdruck an, den Barton nur zu gut kannte – der Blick eines Mannes, der bereits zu viele Leichen gesehen hatte: „Er ist tot."

Barton spürte, wie sich die Kälte der Stadt um ihn legte.

Willkommen in Shanghai.

Kapitel 1

Der Tote im Hafen

Shanghai, 1928. Der Nebel lag schwer über dem Huang-pu-Fluss, als das dumpfe Hupen eines Frachtdampfers durch die Nacht hallte. Die Gaslaternen warfen geisterhafte Schatten auf die nassen Pflastersteine des Hafenviertels. Der Geruch von Teer, Fisch und abgestandenem Wasser vermischte sich mit dem Duft von Opium und billigem Parfüm aus den umliegenden Bars. Die Stadt war lebendig – aber in ihren dunklen Ecken lauerte der Tod.

„Er war einer von uns – wir haben seine Leiche heute Morgen gefunden", sagte Holloway mit rauer Stimme. „Jonathan Mercer. Britischer Geheimdienst."

Barton verengte die Augen. Mercer. Der Name war ihm bekannt – ein Agent, der tief in Shanghais Unterwelt recherchierte. Wenn er tot war, bedeutete das, dass er jemandem zu nahegekommen war. Zu nahe an einer Wahrheit, die ihn das Leben kostete.

Inspektor Edward Barton stand am Rand des Kais und blickte auf die reglose Gestalt vor sich. Der Körper war halb im Wasser versunken, die Kleidung durchnässt und schmutzig. Ein Mann in den besten Jahren, europäische Züge, gut gekleidet. Doch das war nicht das Beunruhigendste.

Mit Blut war ein chinesisches Zeichen auf seine Brust geschrieben. Barton kannte es – das Zeichen für „Drache".

„Er wusste etwas", murmelte Barton und ging in die Hocke, um Mercers Körper genauer zu untersuchen. In der Innentasche fand er eine kleine, lederne Mappe. Als er sie öffnete, war dort nur ein einziger Zettel mit einer handgeschriebenen Nachricht:

„Der Drache schläft nicht. Die Wahrheit liegt in der vierten roten Laterne."

Barton sah Holloway an. „Was zum Teufel bedeutet das?"

Doch bevor Holloway antworten konnte, zerriss ein Schuss die Nacht. Die Kugel schlug nur Zentimeter neben Barton in das Pflaster ein.

„Deckung!" rief Holloway, als sie beide hinter Kisten in Deckung gingen. Weitere Schüsse hallten durch die Gassen.

Barton zog seine Waffe. Irgendjemand wollte verhindern, dass sie die Wahrheit über Mercer herausfanden. Und das bedeutete nur eines: Er war der Spur eines Mörders auf der richtigen Fährte.

Der Schatten von Shanghai hatte ihn bereits ins Visier genommen.

Barton spähte vorsichtig hinter den Kisten hervor. Der Nebel machte es schwer, etwas zu erkennen. Schatten huschten zwischen den Lagerhäusern, das Echo von schnellen Schritten hallte durch die engen Gassen. Waren es zwei Angreifer? Drei? Mehr?

Ein weiteres Projektil zischte an ihm vorbei und schlug krachend in eine Holzkiste. Splitter flogen durch die Luft. Barton duckte sich und flüsterte zu Holloway: „Hast du eine Ahnung, wer dahinterstecken könnte?"

„Jede Menge Leute hätten einen Grund, einen britischen Agenten tot zu sehen", murmelte Holloway, während er seine Waffe entsicherte. „Aber dieser Mord… das Zeichen auf seiner Brust… es deutet auf die Triaden hin."

„Die Schwarzen Schlangen?", fragte Barton mit zusammengekniffenen Augen. Die Schwarze Schlange war eine der gefährlichsten Triaden in Shanghai. Drogenhandel, Prostitution, Schmuggel – sie hatten ihre Finger in allem. Und wenn Mercer ihnen zu nahegekommen war, könnte das sein Todesurteil gewesen sein.

Ein Schrei aus der Dunkelheit ließ Barton aufhorchen. Dann Stille. War einer der Schützen getroffen worden? Oder hatten sie sich nur zurückgezogen, um einen besseren Angriffspunkt zu finden?

„Wir müssen hier raus", sagte Holloway. „Wenn sie Verstärkung holen, sind wir erledigt."

Barton nickte und bedeutete ihm, ihm zu folgen. Geduckt schlichen sie entlang der Kaimauer. Ihre Füße bewegten sich über nasses Kopfsteinpflaster, ihre Atemzüge waren flach. Das Herz hämmerte in Bartons Brust. Er wusste, dass dies nur der Anfang war.

Sie erreichten eine Seitengasse und hasteten in den Schatten. Der Lärm des Hafens war nun gedämpft, aber der Geruch von Rauch und Opium lag schwer in der Luft. Vor ihnen leuchteten die roten Laternen eines kleinen Teehauses, das noch geöffnet war.

„Hier rein", sagte Barton und drückte die Tür auf.

Der Innenraum war gedämpft beleuchtet, der Raum voll von gedämpften Stimmen. Ein paar Chinesen saßen an Tischen, tranken Tee oder spielten Go. Eine Frau in einem roten Kleid mit goldenen Stickereien trat näher, ihre dunklen Augen prüfend auf Barton gerichtet.

„Ein Tisch, Sir?“

„Kein Tee heute“, sagte Barton leise. „Ich suche nach Informationen.“

Die Frau verzog keine Miene, aber ihre Augen verengten sich. „Sie sind an einem gefährlichen Ort, Fremder. Wissen Sie, was passiert, wenn man hier zu viele Fragen stellt?“

Barton lehnte sich vor. „Ja. Aber ich stelle sie trotzdem.“

Die Frau musterte ihn einen Moment lang, dann drehte sie sich wortlos um und verschwand hinter einem Vorhang aus Perlen. Barton sah Holloway an. „Entweder bringt sie uns zu jemandem, der mehr weiß – oder wir sitzen in der Falle.“

Sie warteten. Die Minuten dehnten sich. Barton spürte die Anspannung in der Luft. Dann, gerade, als er sich zum Gehen wenden wollte, öffnete sich der Vorhang erneut.

„Folgen Sie mir“, sagte die Frau mit tonloser Stimme.

Barton tauschte einen Blick mit Holloway und folgte ihr in das dunkle Hinterzimmer des Teehauses. Die Schatten von Shanghai wurden tiefer – und die Wahrheit war näher, als ihm lieb war.

Kapitel 2

Das Flüstern der Gassen

Das Hinterzimmer des Teehauses war in schummriges Licht getaucht. Der Geruch von Räucherstäbchen und fermentiertem Tee lag in der Luft. Barton ließ seinen Blick über den Raum gleiten. Ein schmaler Tisch, zwei Stühle, an den Wänden hingen alte Seidenrollen mit chinesischen Schriftzeichen. Die Frau, die sie hereingeführt hatte, zog eine Holzjalousie herunter und schloss die Tür. Der Raum fühlte sich nun wie eine isolierte Welt an – fernab von der Hektik der Stadt.

„Setzen Sie sich", sagte sie mit tonloser Stimme und deutete auf die Stühle.

Barton tat, wie geheißen, und Holloway folgte ihm, doch sein Blick blieb misstrauisch. Die Frau setzte sich ihnen gegenüber, faltete die Hände auf dem Tisch und sah Barton mit einem durchdringenden Blick an.

„Warum suchen Sie den Drachen?"

Barton zog Mercers Notiz aus der Tasche und legte sie auf den Tisch.

„Der Drache schläft nicht. Die Wahrheit liegt in der vierten roten Laterne.“

Die Frau betrachtete den Zettel, ohne eine Miene zu verziehen. Dann hob sie den Blick. „Sie begeben sich auf gefährliches Terrain, Inspektor. Wissen Sie, was das Zeichen auf Mercers Brust bedeutet?“

„Ich weiß, dass es mit der Schwarzen Schlange zu tun hat.“

Die Frau nickte langsam. „Mehr als das. Es ist eine Botschaft – eine Warnung. Die, die sich mit dem Drachen einlassen, verschwinden spurlos. So wie Mercer.“

Barton lehnte sich vor. „Dann helfen Sie mir, dass ich nicht ebenfalls verschwinde. Was bedeutet die vierte Laterne?“

Die Frau atmete tief durch. „Es gibt eine Gasse in der Altstadt, nahe dem Yuyuan-Garten. Vier rote Laternen hängen dort jede Nacht, aber nur drei leuchten. **Die vierte Laterne… zeigt den Weg.“**

„Den Weg wohin?“

„Dorthin, wo das wahre Shanghai beginnt – und wo es endet.“

Holloway schnaubte. „Wenig hilfreich, wenn Sie mich fragen.“

Die Frau sah ihn scharf an. „Manche Wahrheiten müssen selbst gefunden werden.“

Barton nickte. „Dann sollten wir keine Zeit verlieren.“

Die Nacht hatte die Stadt in ein Labyrinth aus Schatten verwandelt. Während Barton und Holloway durch die engen Gassen von Shanghais Altstadt schlichen, spürte Barton die beklemmende Atmosphäre dieses Ortes. Hier gab es keine koloniale Pracht, keine britischen Clubs oder prächtigen

Geschäftsstraßen – nur schmale Wege, die von krummen Häusern gesäumt waren, in denen sich dunkle Gestalten in den Türöffnungen verbargen.

„Ich traue diesem Ort nicht", murmelte Holloway.

„Dann passt du hier perfekt rein", erwiderte Barton trocken.

Sie erreichten eine enge Seitengasse. Vier rote Laternen hingen über ihnen, leicht im Nachtwind schwankend. Drei glühten sanft, die **vierte** jedoch war dunkel.

„Das ist es", sagte Barton.

„Und jetzt?" Holloway sah sich um. „Ich sehe nichts Ungewöhnliches."

Barton trat näher an die Laterne heran. Sie war aus Holz und mit rotem Seidenstoff überzogen. Ein feiner Faden hing herab, kaum sichtbar im Dunkeln. Barton zog daran – ein leises Klicken ertönte.

Plötzlich schwang eine unscheinbare Holztür in der Wand neben ihnen auf.

Holloway pfiff durch die Zähne. „Das nenne ich mal eine geheime Tür."

Barton zog seine Waffe. „Bereit?"

„War ich jemals nicht bereit?"

Sie traten durch die Tür in völlige Dunkelheit. Der Gang dahinter war eng, die Luft abgestanden. Der Boden unter ihren Füßen bestand aus alten, ausgetretenen Holzdielen, und irgendwo in der Ferne tropfte Wasser.

Sie bewegten sich vorsichtig vorwärts. Nach einigen Metern erreichten sie eine Wendeltreppe, die in die Tiefe führte. Barton spürte, wie sich seine Nackenhaare aufstellten.

Dann hörten sie es – eine Stimme. Leise, flüsternd.

„Sie kommen…“

Holloway erstarrte. „Wer zum Teufel…?“

Die Stimme kam aus einer kleinen Nische an der Wand. Barton schnappte sein Sturmfeuerzeug auf – *Klick*. Die Flamme zuckte, warf zitternde Schatten an die kalten Steinwände. Modrige Luft strömte ihm entgegen Barton leuchtete hinein – und sah eine alte Frau, zusammengesunken auf dem Boden, ihr Gesicht im Schatten verborgen. Ihre Finger krallten sich in den Stoff ihres zerfetzten Gewandes.

„Wer kommt?“, fragte Barton.

Die Frau kicherte leise. „Der Drache. Er ist erwacht. Ihr seid zu spät.“

Plötzlich riss sie den Kopf hoch – ihre Augen waren weit aufgerissen, der Wahnsinn blitzte darin.

Holloway zog seine Waffe. „Wir müssen hier raus.“

Doch dann – ein Geräusch über ihnen. Schritte. Schnell und entschlossen.

„Wir sind nicht allein“, murmelte Barton.

Er löschte das Feuerzeug, und sie pressten sich gegen die Wand. Die Schritte kamen näher. Schatten bewegten sich am oberen Ende der Treppe.

Holloway hob seine Waffe. „Sag mir, dass du einen Plan hast.“

Barton spürte sein eigenes Herz pochen. „Erstmal: Am Leben bleiben.“

Dann krachte die Tür hinter ihnen auf – und der Kampf begann.

Kapitel 3

Die Jäger in der Dunkelheit

Die Tür flog auf, und mit ihr stürmten zwei Männer in den engen Gang. Ihre Silhouetten zeichneten sich gegen das fahle Licht aus dem Treppenhaus ab. Barton konnte für einen Moment nur Umrisse erkennen, doch das Klirren einer entsicherten Waffe ließ keinen Zweifel daran, dass sie in Gefahr waren.

„Lauft!", rief er Holloway zu und warf sich gegen eine der Gestalten.

Ein dumpfer Schlag, dann ein Knall, als sie beide gegen die Holzwand krachten. Bartons Gegner versuchte, ihn mit einem kurzen Messer zu erwischen, doch er wich geschickt aus, rammte dem Mann seinen Ellenbogen in die Rippen und hörte ein gequältes Keuchen. Neben ihm feuerte Holloway seine Pistole ab, und der zweite Angreifer taumelte zurück.

„Barton, wir müssen raus hier!", rief Holloway atemlos.

Barton stieß den ersten Mann von sich, schnappte sich seine Waffe und packte Holloway am Arm. Gemeinsam stürmten sie die Treppe hinab.

Hinter ihnen hörten sie hastige Schritte, dann eine Stimme, die auf Chinesisch fluchte: „Lasst sie nicht entkommen!“

Der Gang war schmal und führte tiefer in das unterirdische Labyrinth von Shanghai. Sie rannten durch feuchte Steinpassagen, an vergitterten Fenstern vorbei, durch die schwaches Laternenlicht fiel. Der muffige Geruch von Schimmel und altem Holz lag in der Luft.

„Ich hoffe, du weißt, wohin wir laufen!“, keuchte Holloway.

„Nicht die geringste Ahnung!“, erwiderte Barton.

Doch dann – eine Kreuzung. Rechts eine Sackgasse, links eine schmale Tür, die halb geöffnet war. Sie entschieden sich für die Tür.

Holloway trat sie mit voller Wucht auf, und sie stolperten in einen großen, düsteren Raum.

Der Raum war ein altes Lagerhaus, voller zerfallener Holzkisten und verstaubter Teppiche. In der Mitte stand ein einzelner, runder Tisch, darauf eine Öllampe, die einen schwachen Lichtschein warf.

Doch sie waren nicht allein.

Auf der anderen Seite des Raumes stand eine Frau. Sie trug ein dunkles Seidenkleid, ihre schwarzen Haare waren kunstvoll hochgesteckt, und in ihrer Hand hielt sie einen Fächer aus rotem Papier. Ihre Augen blitzten, als sie Barton und Holloway musterte.

„Sie kommen spät, Inspektor“, sagte sie leise.

Barton hob seine Waffe, ließ sie jedoch nicht auf sie gerichtet. „Und Sie sind?“

Die Frau lächelte. „Lian Zhao. Ich bin eine Freundin von Jonathan Mercer. Oder zumindest… war ich es.“

Holloway schnaubte. „Wenn Sie wirklich Mercers Freundin waren, warum rennen wir dann gerade um unser Leben?"

Lian Zhao schloss ihren Fächer mit einer schnellen Bewegung. „Weil Sie sich mit Leuten angelegt haben, die keinen Wert auf Formalitäten legen, Mr. Holloway."

Barton trat näher. „Was wissen Sie über Mercers Tod?"

Lian Zhao seufzte und setzte sich an den Tisch. „Viel mehr als ich wissen sollte." Sie deutete auf zwei Stühle. „Setzen Sie sich. Wenn wir gleich alle sterben, sollten wir es wenigstens bequem haben."

Holloway warf Barton einen skeptischen Blick zu, doch er setzte sich schließlich.

„Mercer hat etwas entdeckt, nicht wahr?", fragte Barton.

Lian Zhao nickte. „Er hatte Informationen, die viele Menschen in dieser Stadt töten würden, um sie zu verschweigen. Und genau das ist passiert."

„Und was genau hat er herausgefunden?"

Lian Zhao lehnte sich zurück. „Etwas über die Schwarze Schlange. Über eine geheime Liste, auf der Namen stehen, die besser nie ans Licht kommen sollten."

Holloway runzelte die Stirn. „Namen von wem?"

„Von britischen Spionen in China. Von Doppelagenten, die für die Triaden arbeiten. Und von Männern, die in der Kolonialverwaltung sitzen und heimlich ihre eigenen Spiele spielen."

Barton spürte, wie sich seine Muskeln anspannten. „Und wo ist diese Liste jetzt?"

Lian Zhao seufzte. „Das ist das Problem. Sie war in Mercers Besitz – bis er starb. Und jetzt weiß niemand, wo sie ist."

Plötzlich krachte die Tür hinter ihnen auf.

Vier Männer stürmten in den Raum, Waffen gezogen.

„Es reicht, Zhao“, sagte einer von ihnen. „Du hast zu viel geredet.“

Lian Zhao hob langsam die Hände, doch ihr Blick blieb ruhig. „Sie sind schneller, als ich dachte.“

Barton und Holloway zögerten keine Sekunde. Sie rissen ihre Waffen hoch, doch die Angreifer hatten bereits gezielt.

„Keinen falschen Zug“, knurrte der Anführer der Männer.

Barton sah sich um. Vier gegen drei – keine guten Chancen.

Dann fiel sein Blick auf die Öllampe auf dem Tisch.

„Wir müssen verhandeln“, sagte er langsam, während seine Hand sich langsam zum Tisch bewegte. „Es muss nicht in Gewalt enden.“

Der Anführer der Männer lachte. „Oh doch, Inspektor. Das muss es.“

Barton riss die Öllampe um.

Flammen schossen hoch, Öl spritzte über den Tisch. Die Männer wichen erschrocken zurück, als das Feuer sich ausbreitete.

„Jetzt!“, rief Holloway.

Barton rammte dem nächsten Gegner die Faust ins Gesicht, während Lian Zhao unter den Tisch rollte, um Schutz zu suchen. Schüsse hallten durch das Lagerhaus, Flammen leckten an den alten Kisten. Chaos brach aus.

Barton spürte einen stechenden Schmerz in der Schulter – eine Kugel hatte ihn gestreift. Doch er blieb auf den Beinen, feuerte zurück und traf einen der Angreifer, der stöhnend zu Boden ging.

„Wir müssen hier raus!", schrie Lian Zhao.

Barton packte sie am Arm, Holloway folgte ihnen. Sie rannten durch eine Seitentür, hinaus in eine dunkle Gasse. Hinter ihnen brannte das Lagerhaus lichterloh, Rauch stieg in den Himmel.

Sie stolperten durch die Nacht, schwer atmend, verletzt, aber am Leben.

„Und jetzt?", keuchte Holloway.

Barton sah Lian Zhao an. „Jetzt finden wir diese verdammte Liste – bevor es jemand anderes tut."

Kapitel 4

Die Spur des Phönix

Die Straßen von Shanghai lagen in einem dichten Schleier aus Rauch und Schatten. Der Brand im Lagerhaus hatte die Aufmerksamkeit der Stadt auf sich gezogen, doch Barton wusste, dass dies nur ein Ablenkungsmanöver war.

Barton ließ die alte Frau, die sie im Gewölbe gefunden haben in die Obhut von Lians Leuten bringen. In einem ruhigen Zimmer wurde sie versorgt – ihre Wunden gereinigt, Verbände angelegt. „Sie wird durchkommen", sagte der Arzt knapp. Barton nickte. Zumindest war sie jetzt in Sicherheit.

Die wahre Gefahr lauerte noch immer im Dunkeln.

Lian Zhao führte sie durch die schmalen Gassen, vorbei an dampfenden Garküchen und schlafenden Opiumhöhlen. Ihre Schritte hallten auf dem nassen Pflaster wider. Barton spürte, dass sie beobachtet wurden.

„Wohin bringst du uns?", fragte Holloway.

„Zu jemandem, der uns helfen kann", sagte Lian Zhao, ohne sich umzusehen. „Wenn ihr wirklich diese Liste finden wollt, braucht ihr Informationen – und jemand, der die Straßen dieser Stadt besser kennt als ich."

Barton nickte, aber er blieb misstrauisch. Er wusste, dass Lian Zhao ihre eigenen Pläne hatte. Niemand in Shanghai war ohne Agenda.

Plötzlich hielt sie an einer unscheinbaren Holztür. „Hier" sagte sie leise und klopfte dreimal.

Ein Riegel wurde zurückgeschoben, und ein schmaler Spalt öffnete sich. Ein Paar dunkler Augen musterte sie argwöhnisch.

„Das ist ein schlechter Zeitpunkt, Lian", sagte eine Stimme aus der Dunkelheit.

„Es gibt keinen besseren", entgegnete sie. „Lass uns rein."

Nach einem Moment der Stille öffnete sich die Tür, und sie traten in einen kleinen, schwach beleuchteten Raum. An den Wänden hingen alte Seidenrollbilder, und der Duft von brennendem Sandelholz lag in der Luft. Am Tisch saß ein alter Mann mit silbergrauen Haaren und durchdringenden Augen.

„Meister Song", sagte Lian Zhao ehrfürchtig.

Der alte Mann musterte Barton und Holloway mit scharfen Blicken. „Ihr bringt mir viel Ärger, Lian."

„Wir suchen die Liste", sagte sie direkt. „Mercers Liste."

Ein Funke blitzte in Songs Augen auf. **„Die Liste des Phönix"**, murmelte er. „Ich hatte gehofft, sie wäre eine Legende geblieben."

Barton lehnte sich vor. „Sie wissen also, wo sie ist?"

Song schüttelte den Kopf. „Ich weiß nur, dass sie existiert – und dass sie in falsche Hände geraten könnte. Die Schwarze Schlange sucht sie ebenso wie die Briten und die Japaner.

Wenn einer von ihnen sie bekommt, wird Shanghai nie wieder dieselbe sein."

„Und wo beginnen wir zu suchen?", fragte Holloway.

Der alte Mann sah sie lange an. Dann griff er unter den Tisch und zog eine kleine, vergilbte Karte hervor. „Diese führt euch zum letzten Ort, an dem Mercer lebend gesehen wurde."

Barton nahm die Karte und überflog sie. „Der Rote Lotus?"

Lian Zhao zog scharf die Luft ein. „Ein Spielclub. Nur für die Mächtigsten Shanghais. Und der gefährlichste Ort, an dem wir sein könnten."

Barton steckte die Karte ein. „Dann verlieren wir keine Zeit."

Der Rote Lotus lag im Herzen des internationalen Viertels, verborgen hinter hohen Mauern und massiven Holztoren. Das Gebäude war ein prachtvoller, mit roten Laternen geschmückter Palast, in dem die Reichen und Mächtigen Shanghais ihren Vergnügungen nachgingen.

„Seid ihr sicher, dass das eine gute Idee ist?", murmelte Holloway, als sie sich dem Eingang näherten.

„Nein", sagte Barton. „Aber wir haben keine Wahl."

Sie traten ein. Der Innenraum war opulent: Samtvorhänge, goldene Verzierungen, schwere Rauchschwaden, die von Zigarren und Opium herrührten. Am Ende des Raumes saß ein Mann, umgeben von Wachen.

„Liang Wen", flüsterte Lian Zhao. „Der Anführer der Schwarzen Schlange."

Barton ging direkt auf ihn zu. Die Wachen spannten sich an, doch Liang Wen hob die Hand, um sie zurückzuhalten.

„Inspektor Barton", sagte er mit einem Lächeln. „Ich habe auf Sie gewartet."

Barton blieb stehen. „Dann wissen Sie, warum ich hier bin."

Liang Wen nickte langsam. „Sie suchen die Liste. Und ich frage mich… warum sollte ich sie Ihnen geben?"

„Weil Sie wissen, dass sie in den falschen Händen Sie ebenso zerstören könnte wie mich", sagte Barton kühl.

Liang Wen lachte. „Sie sind klug, Inspektor. Aber nicht klug genug."

Mit einer schnellen Bewegung zog er eine Pistole – doch Barton war schneller.

Ein Schuss hallte durch den Raum.

Liang Wens Wachen zogen ihre Waffen, doch Lian Zhao war bereits in Bewegung. Sie trat einem der Männer gegen das Knie, während Holloway einen anderen mit einem Stuhl niederstreckte.

Barton packte Liang Wen am Kragen und drückte ihn gegen die Wand. „Wo ist die Liste?"

Der Triaden-Führer keuchte. „In einem Safe… unter dem alten Teehaus… in der Sichuan-Gasse."

Barton ließ ihn los. „Dann sollten wir uns beeilen."

Mit den Wachen im Nacken flohen sie durch einen Seitenausgang in die Nacht. Der Rote Lotus lag hinter ihnen – aber die Jagd war noch nicht vorbei.

Die Liste des Phönix wartete.

Kapitel 5

Das Labyrinth der Schatten

Die engen Gassen der Sichuan-Gasse waren ein Labyrinth aus Nebel, Schatten und flackernden Laternen, die in der feuchten Nachtluft glühten. Barton, Holloway und Lian Zhao bewegten sich vorsichtig durch das dichte Gewirr aus dunklen Korridoren, während hinter ihnen noch das Echo der Schüsse aus dem Roten Lotus nachhallte. Sie hatten kaum Zeit gehabt, sich neu zu orientieren, und doch war klar, dass sie keine andere Wahl hatten, als sich jetzt auf den Safe im alten Teehaus zu konzentrieren.

„Wie sicher ist dieser Ort?", fragte Holloway, während er misstrauisch über die Schulter blickte.

„Gar nicht", entgegnete Lian Zhao. „Die Schwarze Schlange nutzt ihn seit Jahren als Versteck für ihre wertvollsten Geheimnisse. Wenn Liang Wen gesagt hat, dass die Liste dort ist, dann wird sie schwer gesichert sein."

Barton schnaubte. „Dann werden wir improvisieren müssen."

Sie bogen um eine Ecke, wo sich das Teehaus in der Dunkelheit erhob. Das Gebäude war alt, seine roten Holzsäulen verwittert, die Dachziegel von Moos überwuchert. Ein Ort, an dem die Zeit stehen geblieben war – und genau deshalb war er perfekt für die Triaden, um etwas zu verstecken.

„Wir müssen leise sein", flüsterte Lian Zhao und deutete auf die Schatten in der Nähe des Eingangs. Zwei Wachen standen dort, mit Zigaretten in den Händen und Messern an ihren Gürteln.

„Ich lenke sie ab", sagte sie entschlossen. „Ihr geht rein."

Bevor Barton oder Holloway widersprechen konnten, trat Lian Zhao aus dem Schatten und näherte sich den Männern. Sie bewegte sich mit einer geschmeidigen Eleganz, ihre Lippen zu einem koketten Lächeln verzogen.

„Gentlemen", hauchte sie. „Ihr seht aus, als könntet ihr etwas Gesellschaft gebrauchen."

Die Männer grinsten, doch in diesem Moment schlug Barton zu. Ein schneller Schlag auf den Hinterkopf des ersten Wachmanns ließ ihn lautlos zusammensinken, während Holloway den zweiten mit einem Haken gegen die Kiefer ausschaltete. Die Männer sackten in den Staub, und Lian Zhao hob amüsiert eine Braue.

„Ihr seid schneller, als ich dachte."

„Und du gehst zu viele Risiken ein", murmelte Barton, während er sich zur Tür bewegte.

Sie traten ein. Das Innere des Teehauses war spärlich beleuchtet, alte Tische und Stühle standen in der Dunkelheit, und der schwere Geruch von feuchtem Holz hing in der Luft. Barton tastete sich an den Wänden entlang, bis er eine alte Bodenluke entdeckte.

„Hier" flüsterte er und zog sie vorsichtig auf.

Darunter befand sich eine schmale Steintreppe, die in die Tiefe führte.

„Wenn das ein Hinterhalt ist, dann ein verdammt gut geplanter", murmelte Holloway.

„Wir haben keine Wahl", sagte Barton und stieg als Erster hinab.

Der Keller war kalt und feucht. Das schwache Licht einer einzelnen Öllampe flackerte an der gewölbten Decke, während sich vor ihnen eine Reihe von alten Kisten und Regalen erstreckte. Am anderen Ende des Raumes stand eine massive Metalltür – der Safe.

„Das ist es", sagte Barton leise.

Doch in diesem Moment hörten sie Schritte hinter sich.

„Ihr hättet nicht herkommen sollen."

Barton drehte sich blitzschnell um – vor ihnen stand ein Mann in dunkler Kleidung, eine Waffe in der Hand. Sein Gesicht war kantig, seine Augen kalt und berechnend.

„Takahashi", flüsterte Lian Zhao.

Barton erkannte den Namen sofort. **Sato Takahashi**, ein berüchtigter japanischer Geschäftsmann, der Verbindungen sowohl zu den Triaden als auch zum japanischen Geheimdienst hatte.

„Ihr sucht die Liste", sagte Takahashi mit ruhiger Stimme. „Aber ihr seid nicht die Einzigen. Und ihr werdet sie nicht bekommen."

Barton bewegte sich langsam zur Seite, sein Finger am Abzug seiner Pistole. „Und warum sollte sie in deinen Händen sicherer sein?"

Takahashi lächelte dünn. „Weil ich weiß, was mit denen passiert, die sie in die falschen Hände geben."

Plötzlich zog er ein Messer und warf es – Barton wich in letzter Sekunde aus, während das Messer in eine Holzkiste neben ihm einschlug.

Dann brach das Chaos aus.

Schüsse hallten durch den Keller, als Takahashis Männer aus dem Schatten stürmten. Barton feuerte und traf einen von ihnen in die Schulter, während Holloway einen anderen mit einem Fausthieb zu Boden riss. Lian Zhao griff nach einem Dolch, der auf einem Tisch lag, und parierte einen Angriff mit tödlicher Präzision.

Takahashi stürzte sich auf Barton, ein weiteres Messer in der Hand. Barton konnte den ersten Schlag abwehren, doch der zweite Schnitt riss ihm eine blutige Spur über den Arm. Er stolperte zurück, nutzte aber den Moment, um mit aller Kraft seinen Ellbogen gegen Takahashis Kinn zu rammen. Der Mann taumelte, doch sein Blick blieb entschlossen.

„Das ist noch nicht vorbei", knurrte er.

Dann drehte er sich um und verschwand durch eine geheime Tür in der Wand. Seine verbliebenen Männer flohen hinter ihm her.

Barton wischte sich das Blut von der Wange und drehte sich um. „Geht es euch gut?"

Holloway nickte, während Lian Zhao ihre Dolchklinge abwischte. „Sie haben uns einen Vorteil gelassen", sagte sie und deutete auf den Safe.

Barton trat näher, zog eine der Schlüsselketten aus Liang Wens Manteltasche hervor, die er zuvor an sich genommen hatte, und steckte sie ins Schloss.

Mit einem leisen Klicken sprang der Safe auf.

Drinnen lag eine einzige, vergilbte Mappe mit gebundenen Dokumenten. Auf dem Deckblatt stand in sorgfältiger Handschrift:

„Die Liste des Phönix"

Barton nahm sie heraus. Er spürte das Gewicht der Informationen in seiner Hand – die Namen, die Geheimnisse, das Wissen, das Leben zerstören könnte.

Lian Zhao trat näher. „Was jetzt?"

Barton sah sie an. „Jetzt bringen wir sie in Sicherheit."

Doch bevor sie den Safe schließen konnten, hörten sie erneut Schritte über ihnen.

„Jemand kommt", murmelte Holloway.

Barton spannte sich an. Die Jagd war noch nicht vorbei – sie hatte gerade erst begonnen.

Kapitel 6

Flucht durch die Stadt

Die schweren Schritte auf dem Boden über ihnen ließen Barton keine Wahl. Sie mussten sich bewegen – und zwar sofort. Mit der Mappe in der Hand schloss er den Safe leise, doch das leise Quietschen der Tür verriet ihre Anwesenheit.

„Das ist unser Signal", murmelte Holloway, als er seine Waffe zog.

Lian Zhao schüttelte den Kopf. „Wir sind in der Falle. Wenn sie oben warten, haben wir keine Möglichkeit zu entkommen."

„Dann müssen wir uns einen anderen Weg suchen", sagte Barton bestimmt. Sein Blick wanderte durch den dunklen Kellerraum. Die vergilbten Mauern waren alt, einige Steine locker. Eine der Wände war feucht – möglicherweise führte sie zu einem weiteren Tunnel oder einer alten Wasserversorgung.

Er trat näher und drückte mit der Schulter dagegen. Der Stein bewegte sich leicht. „Helft mir", sagte er zu Holloway und Lian Zhao. Gemeinsam stemmten sie sich gegen die

Wand. Mit einem lauten Knirschen gab sie nach – dahinter lag ein schmaler Tunnel.

„Ich hasse enge Räume", murmelte Holloway, doch er folgte ihnen dennoch.

Sie zwängten sich in die enge Passage, während hinter ihnen gedämpfte Stimmen erklangen. Dann ein lautes Krachen – die Männer hatten die Kellerluke aufgebrochen.

„Schneller!", zischte Lian Zhao.

Barton kroch voran, das Herz hämmerte in seiner Brust. Der Tunnel war feucht, die Luft stickig. Ratten huschten an ihnen vorbei. Die Gänge waren alt, vielleicht Überreste eines verlassenen unterirdischen Wassersystems.

Hinter ihnen hörten sie Schüsse. Ihre Verfolger waren nicht dumm – sie wussten, dass es einen anderen Ausgang geben musste.

Nach einigen Minuten erreichten sie eine hölzerne Tür. Barton drückte sie vorsichtig auf. Sie führte in einen kleinen, verfallenen Innenhof, umgeben von hohen Mauern.

„Wo sind wir?", fragte Holloway.

Lian Zhao blickte sich um. „Hinterhof eines alten Opiumhauses. Vor ein paar Jahren verlassen. Wenn wir Glück haben, gibt es einen Ausgang zur Hauptstraße."

Sie huschten durch das düstere Gelände, vorbei an eingestürzten Dächern und umgestürzten Laternen. Sie hörten noch immer Stimmen hinter sich, ihre Verfolger waren nicht weit.

„Dort!", rief Lian Zhao und zeigte auf ein halb offenes Tor, das in eine der belebten Straßen Shanghais führte.

Sie liefen darauf zu – doch genau in diesem Moment tauchten zwei dunkle Gestalten im Torbogen auf.

„Lauft!", rief Barton und zog seine Waffe.

Holloway schoss zuerst. Eine Kugel traf einen der Männer an der Schulter, sodass er gegen die Wand taumelte. Der zweite feuerte zurück, die Kugel schlug Funken aus dem Stein.

Lian Zhao sprang nach vorn, trat gegen eine lose Holzplanke und schleuderte sie dem Mann ins Gesicht. Er stolperte, was Barton die Gelegenheit gab, ihn mit einem gezielten Schlag außer Gefecht zu setzen.

„Jetzt oder nie!“, rief Holloway.

Sie rannten durch das Tor und mischten sich unter die Menge. Der Lärm der Stadt hüllte sie ein. Rikschas zogen vorbei, Händler priesen lautstark ihre Waren an.

„Wir müssen untertauchen“, keuchte Barton. „Ein Versteck finden, bis wir einen Plan haben.“

Lian Zhao führte sie durch eine Seitengasse. „Ich kenne einen Ort. Aber es ist riskant.“

„Alles ist riskant“, sagte Barton. „Also los.“

Sie erreichten ein altes Lagerhaus am Flussufer. Lian Zhao klopfte dreimal an eine rostige Tür. Nach einem Moment wurde sie geöffnet. Ein alter Mann mit zerschlissenem Mantel trat hervor.

„Ihr bringt Ärger“, murmelte er.

„Das tun wir immer“, sagte Lian Zhao und drängte sich an ihm vorbei.

Das Innere war spärlich möbliert, doch es bot Schutz. Sie ließen sich erschöpft auf alte Kisten sinken.

„Also“, begann Holloway. „Wir haben die Liste. Aber was jetzt?“

Barton holte tief Luft und öffnete die Mappe. Die Namen auf der Liste waren erschreckend – bekannte Politiker, hohe

Beamte, geheime Informanten. Wenn diese Informationen in die falschen Hände gerieten, könnte das Chaos auslösen.

„Wir müssen sie jemandem geben, der sie schützen kann", sagte Barton. „Jemandem, der sie nicht für seine eigenen Zwecke nutzt."

„Gibt es so jemanden?", fragte Holloway skeptisch.

„Vielleicht", sagte Lian Zhao. „Aber wir müssen vorsichtig sein. Jeder könnte uns verraten."

Barton schloss die Mappe und sah sie an. „Dann lasst uns keine Zeit verlieren."

Draußen, in der Dunkelheit der Stadt, wussten sie, dass ihre Feinde nicht weit waren. Die Jagd war noch nicht vorbei – sie hatte gerade erst begonnen.

Kapitel 7

Verrat in den Schatten

Das Lagerhaus am Fluss war dunkel und still. Nur das entfernte Rufen der Händler am Hafen und das leise Plätschern des Wassers durchbrachen die Stille. Barton saß auf einer Kiste und betrachtete die Liste, die in seinen Händen lag. Jedes Wort darauf war eine Waffe, jeder Name ein tödliches Geheimnis.

„Wir haben es bis hierher geschafft", sagte Holloway, während er sich umsah. „Aber was jetzt? Wir können uns nicht ewig verstecken."

„Wir müssen einen Verbündeten finden", sagte Barton. „Jemanden, der stark genug ist, um diese Liste zu schützen, aber nicht korrupt genug, um sie für eigene Zwecke zu missbrauchen."

Lian Zhao verschränkte die Arme. „Das ist ein schmaler Grat, Inspektor. In Shanghai gibt es keinen reinen Helden."

Barton sah sie an. „Hast du eine bessere Idee?"

Lian Zhao überlegte kurz, dann nickte sie. „Es gibt jemanden. General Wei Jiang von der chinesischen Armee. Er ist nicht frei von Sünden, aber er hasst die Korruption, die die Stadt zerfrisst.“

Holloway runzelte die Stirn. „Ein General? Und warum sollte er uns helfen?“

„Weil er weiß, dass diese Liste gefährlich ist“, sagte Lian Zhao. „Und weil er Feinde in denselben Kreisen hat, die sie für ihre eigenen Zwecke nutzen würden.“

Barton schloss die Mappe. „Dann haben wir keine Zeit zu verlieren. Wo finden wir ihn?“

„In der Residenz am westlichen Ende der Stadt“, sagte Lian Zhao. „Aber wir müssen vorsichtig sein. Wenn unsere Feinde herausfinden, dass wir dorthin wollen…“

„Sie wissen es bereits“, unterbrach Holloway.

Barton folgte seinem Blick und sah es: Silhouetten in der Ferne, sich bewegend, schleichend, beobachtend. Sie waren gefunden worden.

„Bewegung!“, rief Barton und griff nach seiner Waffe.

Die ersten Schüsse hallten durch die Nacht. Glasscherben splitterten, als Kugeln durch die Fenster des Lagerhauses schlugen. Barton warf sich hinter eine Kiste, während Holloway das Feuer erwiderte. Lian Zhao zog ihren Dolch, bereit für einen Nahkampf.

„Wir müssen raus hier!“, rief Holloway.

„Durch die Rückseite!“, sagte Lian Zhao und deutete auf eine alte Tür.

Barton sprintete los, die Liste sicher in seiner Jackentasche verstaut. Sie rannten durch das verlassene Lagergelände, während ihre Verfolger ihnen durch das Dunkel folgten. Eine Kugel schlug nahe Bartons Fuß in das Pflaster ein – zu knapp.

„Schneller!“, keuchte Lian Zhao.

Sie erreichten eine schmale Gasse, doch als sie eintraten, versperrte ihnen eine weitere Gruppe den Weg. Barton bremste scharf ab.

„Sie haben uns eingekreist", sagte Holloway finster.

Dann trat eine bekannte Gestalt aus der Dunkelheit.

Sato Takahashi.

Er trug einen langen schwarzen Mantel, und seine Augen funkelten im schwachen Licht der Gassenlaternen. „Ihr seid schwer zu fassen, Inspektor Barton."

„Nicht schwer genug, offenbar", murmelte Barton.

Takahashi trat näher. „Ihr habt etwas, das mir gehört."

Barton ballte die Faust um die Liste in seiner Tasche. „Warum will ein japanischer Geschäftsmann eine Liste voller britischer und chinesischer Spione?"

Takahashi lächelte dünn. „Weil Wissen Macht ist, Inspektor. Und in Shanghai überlebt nur derjenige, der die meisten Geheimnisse besitzt."

Lian Zhao trat einen Schritt vor. „Wenn du uns töten willst, dann mach es schnell."

„Töten?" Takahashi schüttelte den Kopf. „Nein. Ich bin ein Geschäftsmann. Ich bevorzuge Verhandlungen."

„Ich verhandle nicht mit Mördern", knurrte Barton.

Takahashi seufzte. „Wie schade."

Mit einer schnellen Bewegung zog er ein Messer – doch in diesem Moment flammte hinter ihnen plötzlich Licht auf. Der Klang von Motoren hallte durch die enge Gasse.

Ein Dutzend Männer in militärischen Uniformen stürmte heran. Sie waren schwer bewaffnet und trugen das Emblem der chinesischen Armee auf der Brust.

Takahashi zog sich zurück, seine Augen zu Schlitzen verengt. „Das war noch nicht unser letztes Gespräch, Inspektor.“

Dann verschwand er in den Schatten.

Barton wandte sich um. Der Anführer der Soldaten trat vor. Er war groß, sein Gesicht gezeichnet von Erfahrung.

General Wei Jiang.

„Ihr habt etwas, das mich interessiert, Inspektor Barton“, sagte er ruhig.

Barton holte die Mappe hervor. „Dann sollten wir reden.“

Wei Jiang nickte. „Steigt ein. Es ist Zeit, diesem Albtraum ein Ende zu setzen.“

Barton wusste, dass das Spiel noch nicht vorbei war.

Doch mit einem neuen Verbündeten an ihrer Seite hatten sie vielleicht endlich eine Chance, die Wahrheit ans Licht zu bringen – und ihre Feinde zu besiegen.

Die Schatten von Shanghai würden sich bald lichten.

Kapitel 8

Der Pakt mit dem Drachen

Der schwarze Wagen rollte durch die nächtlichen Straßen Shanghais, während General Wei Jiang mit verschränkten Armen überlegte. Neben ihm saß Barton, die Liste des Phönix noch immer fest in seiner Jackentasche verborgen. Holloway und Lian Zhao hatten auf der Rückbank Platz genommen, beide angespannt und wachsam.

„Sie haben sich in eine gefährliche Lage gebracht, Inspektor", sagte Wei Jiang schließlich und wandte seinen durchdringenden Blick Barton zu. „Diese Liste könnte das Kräfteverhältnis in Shanghai auf den Kopf stellen."

Barton nickte. „Das ist mir bewusst, General. Genau deshalb dürfen sie nicht in die falschen Hände geraten."

Wei Jiang musterte ihn einen Moment, bevor er sich zurücklehnte. „Und was erwarten Sie von mir?"

„Ich will, dass Sie helfen, sie zu sichern. Wenn sie öffentlich wird, werden die falschen Menschen sie nutzen. Sie sind einer der wenigen Männer in dieser Stadt, die noch genug Einfluss haben, um sie zu schützen."

Wei Jiang schwieg eine Weile, bevor er leise sagte: „Ich kann Sie schützen, Barton. Aber ich kann Ihnen nicht garantieren, dass meine Feinde Sie nicht finden.“

Barton warf einen Blick aus dem Fenster. Sie näherten sich einem großen, befestigten Anwesen, das von Soldaten bewacht wurde. Es war das Hauptquartier des Generals, ein sicherer Ort – zumindest für den Moment.

Der Wagen hielt, und sie wurden durch das große Eisentor eingelassen. Wei Jiang führte sie durch einen dunklen Korridor in einen spärlich möblierten Raum mit einer großen Karte von Shanghai an der Wand. Er bedeutete ihnen, sich zu setzen.

„Nun, Inspektor. Erzählen Sie mir, was genau Sie wissen.“

Barton öffnete die Mappe und legte die Liste auf den Tisch. Wei Jiang überflog sie mit gerunzelter Stirn, dann legte er sie schweigend beiseite.

„Das sind Namen, die nicht nur in Shanghai Gewicht haben“, sagte er schließlich. „Britische Spione, Doppelagenten, sogar einige meiner eigenen Männer. Wenn Takahashi oder Liang Wen diese Liste bekommen hätten, wäre es das Ende der Ordnung, wie wir sie kennen.“

„Deshalb brauchen wir Ihre Hilfe“, sagte Lian Zhao ruhig. „Es gibt keinen anderen, der stark genug ist, um sie zu schützen.“

Wei Jiang nickte langsam. „Ich nehme sie an mich. Aber…“

Bevor er seinen Satz beenden konnte, erschütterte eine Explosion das Gebäude.

Fensterscheiben zersplitterten, und Staub rieselte von der Decke. Ein Alarm ertönte, gefolgt von aufgeregten Rufen von Soldaten.

„Wir werden angegriffen!“, rief Holloway.

Barton sprang auf, zog seine Waffe und folgte Wei Jiang durch den Flur. Soldaten rannten an ihnen vorbei, einige von ihnen blutend. Draußen waren Schüsse zu hören – jemand hatte das Hauptquartier des Generals ins Visier genommen.

„Das ist Takahashi“, sagte Lian Zhao, während sie sich gegen die Wand drückte. „Er konnte nicht zulassen, dass wir uns mit Wei Jiang verbünden.“

„Wir müssen hier raus“, sagte Barton. „Wenn sie uns erwischen, ist die Liste verloren.“

Wei Jiang nickte. „Es gibt einen Geheimgang unter dem Gebäude. Er führt zu einem Boot am Kanal. Wir müssen ihn erreichen, bevor sie durchbrechen.“

Barton, Holloway und Lian Zhao folgten ihm durch das Hauptgebäude, während Kugeln um sie einschlugen. Die Luft roch nach Rauch und verbranntem Holz.

„Hier!“, rief Wei Jiang und öffnete eine Falltür im Boden. Eine dunkle Treppe führte hinab in einen schmalen Gang.

„Beeilt euch!“, rief er, während weitere Explosionen durch das Anwesen rissen.

Sie rannten durch den schmalen Gang, während der Lärm des Gefechts über ihnen immer lauter wurde. Die Dunkelheit drückte schwer auf sie, doch nach einigen Minuten erreichten sie eine hölzerne Tür am Ende des Tunnels.

Wei Jiang drückte sie auf, und kühle Nachtluft strömte ihnen entgegen. Ein schmaler Kanal erstreckte sich vor ihnen, und ein kleines Boot lag am Steg vertäut.

„Steigt ein!“, rief Barton.

Einer nach dem anderen sprangen sie in das Boot. Wei Jiang löste das Seil, während Barton sich ans Ruder setzte und sie vom Steg abstieß.

Gerade als sie sich von der Anlegestelle entfernten, hörten sie Schritte hinter sich. Ein Dutzend Männer tauchte auf, angeführt von Sato Takahashi. Seine Silhouette stand gegen das brennende Gebäude im Hintergrund.

„Barton!", rief er. „Das ist noch nicht vorbei!"

Dann zogen seine Männer ihre Waffen.

Schüsse hallten über das Wasser, und Barton trieb das Boot mit aller Kraft an. Kugeln schlugen ins Wasser, knapp an ihnen vorbei. Sie bogen um eine Ecke des Kanals und tauchten in die Schatten ein.

„Wir sind nicht sicher", keuchte Holloway. „Er wird uns jagen."

Wei Jiang nickte. „Dann müssen wir schneller sein."

Barton blickte auf die dunkle Stadt vor ihnen.

Die Schatten von Shanghai hatten sich noch nicht verzogen – und der finale Kampf stand ihnen noch bevor.

Kapitel 9

Showdown im Hafen

Das kleine Boot trieb durch die dunklen Kanäle von Shanghai. Barton ruderte mit kräftigen Zügen, während Wei Jiang sich nach den Verfolgern umsah. Die Stadt glühte in der Ferne – Rauch stieg aus dem zerstörten Hauptquartier des Generals auf. Die Explosion hatte die halbe Stadt alarmiert, aber Takahashi würde nicht aufgeben.

„Wir müssen das Festland erreichen", sagte Wei Jiang. „Wenn wir in den offenen Hafen kommen, haben wir eine Chance, unterzutauchen."

„Das Problem ist, dass Takahashi das ebenfalls weiß", murmelte Lian Zhao. „Er wird uns dort erwarten."

„Dann überraschen wir ihn", sagte Barton entschlossen.

Das Boot glitt durch den Kanal, bis sich das Wasser vor ihnen weitete. Die Hafenanlage Shanghais lag vor ihnen, beleuchtet von hunderten Laternen, ein geschäftiges Gewirr aus Kränen, Schiffen und Lagerhäusern. Das Dröhnen von Motoren und das Rufen der Arbeiter vermischten sich mit dem leichten Plätschern der Wellen.

„Dort" sagte Holloway und deutete auf ein verlassenes Dock. „Wir können dort anlegen."

Barton steuerte das Boot auf die Anlegestelle zu, doch sein Instinkt warnte ihn. Etwas stimmte nicht. Die Hafenarbeiter waren zu still, zu unnatürlich positioniert.

„Es ist eine Falle", sagte er leise.

Wei Jiang zog seine Waffe. „Dann kämpfen wir."

Kaum hatten sie das Boot verlassen, ertönte eine Stimme aus den Schatten.

„Sie sind beeindruckend, Inspektor Barton. Aber nicht beeindruckend genug."

Sato Takahashi trat aus der Dunkelheit. Neben ihm standen mindestens ein Dutzend bewaffneter Männer, alle mit gezückten Waffen. Sie hatten keinen Ausweg.

„Geben Sie mir die Liste", sagte Takahashi ruhig. „Und ich lasse Sie vielleicht am Leben."

Barton sah sich um. Die Chancen standen schlecht. Dann fiel sein Blick auf die Kisten mit Sprengstoff, die an der Hafenkante gestapelt waren.

„Wie wäre es mit einer anderen Lösung?", fragte er und deutete mit der Waffe darauf.

Takahashi lachte leise. „Sie würden es nicht wagen. Sie würden mit uns allen sterben."

„Sind Sie sich da sicher?", fragte Barton kühl.

Für einen Moment zögerte Takahashi – und genau das war die Gelegenheit, die Barton brauchte.

Mit einer schnellen Bewegung feuerte er auf die Sprengstoffkisten. Die Explosion riss durch den Hafen, schleuderte Kisten und Metall durch die Luft. Die Druckwelle warf

Takahashis Männer zu Boden, während Barton und die anderen in Deckung sprangen.

„Los!", rief Wei Jiang.

Ein Feuergefecht entbrannte. Kugeln flogen durch die Luft, während Takahashis Männer sich sammelten. Barton schoss einem der Angreifer ins Bein, während Holloway zwei weitere mit schnellen Treffern niederstreckte.

Lian Zhao kämpfte mit messerscharfer Präzision, wehrte einen Angriff ab und trieb ihren Dolch in die Seite eines Gegners. Wei Jiang feuerte mit kaltem Fokus auf die Angreifer, seine Erfahrung als Militärkommandant zeigte sich in jedem Schuss.

Takahashi selbst war jedoch nicht gefallen. Er trat aus den Flammen, sein Gesicht angespannt vor Wut. In seiner Hand blitzte ein Katana auf – die traditionelle Waffe der Samurai.

„Barton!", rief er. „Lassen Sie uns das beenden!"

Barton warf einen schnellen Blick zu Wei Jiang, der nickte. „Ich halte den Rest auf. Tun Sie, was nötig ist."

Langsam trat Barton nach vorne. Takahashi hob ein Samurai Schwert, seine Augen voller Entschlossenheit. „Dies ist Ihr Ende, Inspektor."

Takahashi stürmte vor. Barton wich dem ersten Schlag aus, doch der zweite Schnitt traf seine Jacke, hinterließ einen langen Riss im Stoff. Er zog sein Messer – gegen ein Katana eine schlechte Waffe, aber er hatte keine Wahl.

Takahashi schlug erneut zu. Barton duckte sich, trat Takahashi gegen das Knie und brachte ihn ins Wanken. Doch Takahashi war schnell. Mit einer blitzschnellen Bewegung riss er sein Schwert herum und streifte Bartons Arm. Blut sickerte durch seinen Ärmel.

„Sie kämpfen gut“, sagte Takahashi. „Aber nicht gut genug.“

„Das sagen Sie jetzt“, keuchte Barton und sah sich um.

Die Explosion hatte einen Kran in der Nähe beschädigt. Die Kette eines schweren Containers hing locker – ein Risiko, aber eine Chance.

Takahashi griff erneut an. Barton sprang zurück, direkt unter die Kette.

„Jetzt!“, rief er.

Lian Zhao verstand sofort.

Mit einem schnellen Schnitt durchtrennte sie das Seil, das den Container hielt.

Takahashi sah auf, aber es war zu spät.

Der Container krachte herab. Takahashi versuchte, auszuweichen, doch er war zu langsam. Ein Schrei zerriss die Nacht, dann war alles still.

Die restlichen Männer sahen den fallenden Körper ihres Anführers – und begannen zu fliehen. Ohne Takahashi war ihr Widerstand gebrochen.

Barton ließ sich schwer atmend auf eine Kiste sinken. Wei Jiang trat neben ihn. „Es ist vorbei.“

Barton nickte. „Ja.“

Lian Zhao sah auf die Flammen des Hafens. „Aber was ist mit der Liste?“

Barton zog sie aus der Tasche und sah sie lange an. Dann trat er an den Rand des Hafens – und warf sie ins Wasser.

Holloway starrte ihn an. „Verdammt, Barton!“

„Es war die einzige Möglichkeit", sagte Barton ruhig. „Diese Liste hätte nur mehr Krieg und mehr Blutvergießen gebracht. Jetzt ist sie für immer verschwunden."

Wei Jiang nickte. „Vielleicht war das die richtige Entscheidung."

Barton blickte auf die Stadt, die langsam in die Morgendämmerung überging. Shanghai hatte sich nicht verändert – doch ein Schatten war von ihr genommen worden.

„Lass uns verschwinden", sagte er schließlich. „Bevor noch jemand auf die Idee kommt, uns umzubringen."

Die Schatten von Shanghai hatten sich endlich gelichtet.

Doch Barton wusste – es würde immer neue Schatten geben.

Kapitel 10

Ein neuer Anfang

Die Nacht war fast vorüber. Der Rauch der Explosionen hing noch in der Luft, während die ersten Strahlen der Morgensonne über Shanghai aufgingen. Das Hafenviertel war in Aufruhr – Leichen lagen auf den Stegen, verstreute Waffen glitzerten im Licht, und der Geruch von Schießpulver und Salzwasser vermischte sich mit dem modrigen Gestank der Kanäle. Doch Inspektor Edward Barton hatte gewonnen. Takahashi war tot. Die Liste des Phönix existierte nicht mehr.

Inspektor Barton stand am Kai, sein Mantel durchlöchert, sein Arm blutverschmiert. Neben ihm lehnte Holloway schwer atmend gegen eine Kiste. Wei Jiang und seine Männer sicherten den Hafen, während Lian Zhao mit unbewegter Miene in die Ferne blickte.

„Und nun?", fragte Holloway schließlich.

Barton holte tief Luft. „Wir verschwinden. Jeder von uns."

Wei Jiang trat vor. „Sie haben die richtige Entscheidung getroffen, Barton. Diese Liste hätte die Stadt ins Chaos gestürzt."

Barton sah ihn an. „Glauben Sie wirklich, das Chaos wird jetzt verschwinden?"

Wei Jiang lachte leise. „Nein. Aber wir haben es für den Moment eingedämmt."

Lian Zhao trat näher. „Ich werde Shanghai verlassen. Ich habe meinen Teil getan."

Barton sah sie an. Sie hatte ihm das Leben gerettet, doch er wusste, dass sie nie auf der gleichen Seite stehen würden. „Wohin gehst du?"

Sie lächelte leicht. „Weit weg von hier. Ich habe gelernt, dass in dieser Stadt niemand sicher ist."

Sie drehte sich um und verschwand in der Menge. Barton sah ihr nach, dann wandte er sich an Holloway. „Was ist mit dir?"

Holloway grinste schief. „Ich denke, ich werde in eine ruhigere Stadt ziehen. Vielleicht irgendwohin, wo niemand mir ständig eine Pistole ins Gesicht hält."

Barton lachte. „Dann solltest du England meiden."

Holloway klopfte ihm auf die Schulter. „Pass auf dich auf, Barton."

Mit diesen Worten verschwand auch er.

Am Abend in Shanghai

Der Regen fiel in feinen Schleiern auf die Straßen, während Inspektor Barton durch die Gassen von Shanghai eilte. Die Nacht war ungewöhnlich still, als hätte die Stadt den Atem angehalten.

Er hatte Holloway in einer Bar treffen sollen - wo sie sich verabredet hatten – ein kleines, schäbiges Etablissement am Rand des Hafens. Doch als Barton die Tür aufstieß, spürte er sofort, dass etwas nicht stimmte.

Die Bar war fast leer. Ein paar Chinesen saßen in den dunklen Ecken, einer zog nervös an seiner Zigarette. Der

Barkeeper, ein alter Mann mit einem Gesicht wie ein vernarbter Kampfhund, polierte mechanisch ein Glas.

Barton trat an den Tresen. „Hast du Holloway gesehen?"

Der Barkeeper warf ihm einen kurzen Blick zu, bevor er weitermachte. „Er war hier. Vor einer Stunde."

Barton runzelte die Stirn. „Und?"

Der alte Mann hielt inne, stellte das Glas ab und lehnte sich näher zu ihm. Seine Stimme war kaum mehr als ein Flüstern.

„Zwei Männer kamen. Europäer. Schwere Kerle. Sie haben ihn mitgenommen. Hat nicht mal Zeit gehabt zu zahlen."

Barton spürte, wie sich sein Magen zusammenzog.

„Wohin?"

Der Barkeeper zuckte mit den Schultern. „Sie sagten etwas von einem Schiff."

Barton legte ihm einige Münzen hin. „Mehr."

Der Mann zögerte, dann seufzte er. „Ich habe nur einen Namen gehört.**'Celestial Dragon'**."

Barton erstarrte.

Das war kein gewöhnliches Schiff. Es war eine schwimmende Festung des Verbrechens – unter der Kontrolle eines einzigen Mannes.

Gregor Sarafian.

Barton ließ die Münzen liegen und drehte sich zur Tür.

Er wusste, dass er keine Zeit hatte.

Wenn Holloway auf dieses Schiff gebracht worden war, war er so gut wie tot.

Es sei denn, Barton würde ihn zurückholen.

Kapitel 11

Die Spur auf das letzte Schiff

Am nächsten Morgen lag dichter und schwerer über dem Hafen von Shanghai. Die Laternen warfen flackerndes Licht auf das nasse Pflaster, während das entfernte Tuten eines Dampfers durch den Nebel hallte. Inspektor Barton zog seinen Mantel enger um die Schultern, während er durch die engen Gassen des Hafenviertels schritt. Die Feuchtigkeit kroch ihm in die Knochen, doch das war das Geringste, was ihn beschäftigte.

Holloway war verschwunden. Entführt. Und Barton wusste nun, wohin er gebracht worden war.

Das „Celestial Dragon", ein luxuriöser Ozeandampfer, lag im Hafen von Shanghai vor Anker. Nach außen hin war es ein nobles Kreuzfahrtschiff, das wohlhabende Gäste nach Hongkong, Saigon und Singapur brachte. Doch in den dunklen Gängen und verborgenen Räumen war es eine schwimmende Festung des Verbrechens – ein Ort, an dem Schmuggel, geheime Abkommen und Morde hinter verschlossenen Türen stattfanden.

Und an Bord befand sich Gregor Sarafian – der Mann, der dieses Netz aus Lügen und Korruption spann.

Barton blieb am Rand eines Lagerhauses stehen und musterte das Schiff. Es war gewaltig, mit hohen Schornsteinen, eleganten Decks und leuchtenden Bullaugen. Über eine beleuchtete Gangway gingen reiche Passagiere an Bord – Männer in feinen Anzügen, Frauen in edlen Kleidern. Einige wirkten wie Geschäftsleute, andere wie Glücksspieler oder Schmuggler.

Neben Barton stand Lian Zhao, ihre dunklen Augen fokussiert auf das Schiff. Sie trug einen dunklen Mantel über einem traditionellen Kleid, ihre Haare zu einem festen Knoten zurückgebunden. Sie hatte Holloway ebenfalls nicht im Stich gelassen – und sie wusste, dass dieses Schiff eine Falle war.

„Es gibt nur einen Weg hinein", sagte Barton leise.

Lian zog eine kleine, elegante Pistole unter ihrem Mantel hervor. „Und wahrscheinlich keinen Weg hinaus."

Er nickte knapp. „Dann sollten wir vorsichtig sein."

Lian lächelte schwach. „Wann sind wir das je gewesen?"

Der Plan

Es gab zwei Möglichkeiten, auf das Schiff zu gelangen:

Erstens als Offiziell als Passagiere – doch das würde erfordern, dass sie echte Tickets hatten, die teuer und schwer zu fälschen waren. Außerdem würden Sarafians Männer sie schnell erkennen.

Zweitens unauffällig durch das Frachtraumdeck – riskanter, aber die bessere Wahl. Dort wurden Vorräte und illegale Waren verladen, und die Sicherheitskontrollen waren lockerer.

Barton und Lian entschieden sich für den zweiten Weg.

Sie warteten, bis ein kleiner Lastkahn mit Kisten beladen zum unteren Teil des Schiffs gebracht wurde. Als die Arbeiter für einen Moment unaufmerksam waren, huschten Barton und Lian zwischen den Kisten hindurch und erklommen die schmale Laderampe.

Der Frachtraum war ein dunkles Labyrinth aus Holzkisten, Fässern und Seilen. Der Geruch von Öl, Salz und exotischen Gewürzen lag in der Luft. Maschinen stampften irgendwo in der Tiefe, und das Knarzen der alten Metallstrukturen hallte durch den Raum.

Einige Arbeiter standen in der Nähe und diskutierten auf Kantonesisch. Barton verstand nicht jedes Wort, aber er hörte „Sarafian" und „Sonderladung" heraus.

Holloway musste hier irgendwo sein.

Plötzlich flammte Licht auf – eine Tür öffnete sich, und ein Mann trat ein. Ein großer Brite in einem dunkelblauen Anzug, mit kantigem Gesicht und rauer Stimme. Barton erkannte ihn sofort: Hugh Cormack, einer von Sarafians Männern, ein ehemaliger Offizier der britischen Armee.

Cormack sprach mit den Arbeitern. „Beeilt euch! Wir legen bald ab. Und die Sonderladung bleibt unter Verschluss, bis Mister Sarafian es erlaubt. Verstanden?"

Die Männer nickten hastig und machten sich wieder an die Arbeit.

Barton und Lian blieben im Schatten. Dann zog sie ihn leise weiter.

„Wir müssen Holloway finden, bevor das Schiff den Hafen verlässt", flüsterte sie.

Barton nickte. „Ich glaube, ich weiß, wo sie ihn versteckt halten."

Sie schlichen sich tiefer in den Frachtraum. An einer großen Eisentür mit zwei Schlössern blieben sie stehen. Davor
standen zwei Wachen mit Schrotflinten.

Barton musterte die Tür. „Dahinter verstecken sie etwas
Wichtiges. Vielleicht Holloway."

Lian zog einen kleinen Dolch hervor. „Wie gehen wir
vor?"

Barton dachte kurz nach, dann trat er gezielt gegen eine
gestapelte Kiste in der Nähe. Sie kippte mit einem lauten
Krachen um.

Die Wachen fuhren herum. „Was war das?!"

Lian war schneller als sie. Sie glitt aus den Schatten, trat
einem der Männer das Messer ins Bein, bevor er reagieren
konnte. Der zweite riss die Waffe hoch, doch Barton packte
seinen Arm und schlug ihn mit der Pistole bewusstlos.

Sie schnappten sich die Schlüssel und öffneten die Tür.

Holloway lag in einer dunklen Zelle, gefesselt an einen
Stuhl, sein Gesicht blutig, aber er war am Leben.

„Verdammt, Barton", keuchte er. „Du brauchst immer einen dramatischen Auftritt."

Barton grinste und schnitt die Seile durch. „Du kannst
mir später danken."

Holloway stöhnte, als er sich aufrichtete. „Ich hätte ein
weiches Bett bevorzugt."

„Das Schiff legt bald ab", warnte Lian. „Wir müssen verschwinden."

Aber bevor sie sich bewegen konnten, ertönte eine kalte
Stimme hinter ihnen.

„Das ist keine gute Idee, Inspektor."

Sie drehten sich um – und sahen Gregor Sarafian persönlich in der Tür stehen.

Neben ihm standen sechs Männer mit Gewehren.

Er lächelte kühl. „Ich wusste, dass Sie kommen würden, Barton.“

Sarafian trat näher. Er war makellos gekleidet, sein Gesicht regungslos, aber seine Augen funkelten amüsiert.

„Ich frage mich“, sagte er langsam, „ob Sie wirklich dachten, Sie könnten Ihren Freund befreien und einfach verschwinden?“

Barton hob langsam seine Waffe, doch Sarafians Männer entsicherten gleichzeitig ihre Gewehre.

„Legen Sie sie lieber weg, Inspektor“, riet Sarafian. „Sonst wird diese Reise sehr kurz für Sie.“

Barton sah zu Lian und Holloway. Sie waren in der Falle.

„Warum lassen Sie uns nicht einfach gehen, Sarafian?“, fragte Barton.

Sarafian lachte leise. „Oh, Inspektor Barton, Sie wissen es doch besser. Das hier ist mehr als nur eine einfache Rettungsmission. Es geht um viel mehr.“

Er trat näher, seine Stimme ein Flüstern. „Es geht um die Macht in Shanghai. Und Sie sind nur eine Spielfigur in einem viel größeren Spiel.“

Barton kniff die Augen zusammen. „Dann erklären Sie es mir.“

Sarafian lächelte. „Das werde ich. Aber erst, wenn wir auf offener See sind.“

Er drehte sich um und winkte seinen Männern. „Nehmt ihnen die Waffen ab. Wir haben eine lange Reise vor uns.“

Die Wachen traten vor. Barton wusste, dass sie im Moment keine Wahl hatten. Er ließ die Pistole sinken.

Das Schiff begann zu vibrieren.

Die „Celestial Dragon" legte ab.

Barton, Lian und Holloway waren nun gefangen auf hoher See – mit einem Mann, der keine Gnade kannte.

Kapitel 12

Gefangen auf hoher See

Die „Celestial Dragon" pflügte durch die dunklen Wellen des Ostchinesischen Meeres, während in der Ferne das schwache Licht von Shanghai allmählich verschwand. Die Motoren brummten tief und gleichmäßig, das Deck schwankte sanft mit den Wellen. Doch für Inspektor Barton, Holloway und Lian Zhao war dies kein luxuriöser Ausflug – es war ein schwimmendes Gefängnis.

In einer kahlen Kabine, die mehr an eine Arrestzelle erinnerte, saßen die drei auf harten Holzbänken. Die Tür war aus schwerem Metall, mit einem einzigen Guckloch, das nur ein Stück des Flurs draußen zeigte.

Holloway rieb sich den Nacken. Sein Gesicht war noch immer von den Misshandlungen gezeichnet, aber er lächelte matt. „Weißt du, Barton, ich hab mir unsere nächste gemeinsame Reise anders vorgestellt. Vielleicht nach Paris. Mit Wein und schönen Frauen. Aber nein – stattdessen wieder eine kalte, feuchte Zelle."

Barton seufzte. „Sei froh, dass du noch atmest."

Lian lehnte an der Wand, die Arme verschränkt. Ihr Blick war scharf und berechnend. „Wir müssen herausfinden, was Sarafian wirklich will. Er hat uns am Leben gelassen – das bedeutet, er braucht uns noch.“

Holloway nickte. „Dann sollten wir rausfinden, was das ist, bevor wir über Bord geworfen werden.“

Es dauerte nicht lange, bis sich ihre Theorie bestätigte.

Eine Stunde nach dem Ablegen wurde die Tür entriegelt, und zwei Männer mit Gewehren traten ein. Ihnen folgte ein Butler in makellosem weißem Anzug, der sich vor ihnen verneigte, als wären sie Gäste und nicht Gefangene.

„Mister Sarafian wünscht Ihre Gesellschaft zum Abendessen“, sagte der Butler mit einer höflichen, aber unnachgiebigen Stimme.

Barton tauschte einen Blick mit Lian und Holloway. Es war offensichtlich eine Falle – aber auch ihre einzige Gelegenheit, herauszufinden, was Sarafian vorhatte.

„Dann wollen wir seinen Appetit nicht verderben“, sagte Barton trocken und erhob sich.

Sie wurden durch die prunkvollen Gänge des Dampfers geführt. Das Innere der „Celestial Dragon“ war ein schwimmender Palast – goldene Wandverzierungen, orientalische Teppiche, Kristalllüster, die in sanftem Licht glänzten. Passagiere in teurer Abendgarderobe wanderten an ihnen vorbei, manche lachend, andere in dunkle Geschäfte verwickelt. Es war eine Welt des Reichtums und der Dekadenz, aber unter der glänzenden Oberfläche lauerten Gier und Verrat.

Sie wurden in einen großen Speisesaal geführt. Am Ende eines langen Mahagonitisches saß Gregor Sarafian – mit einem Glas Rotwein in der Hand, lächelnd, als wäre nichts geschehen.

„Ah, Inspektor Barton. Setzen Sie sich doch.“

Barton setzte sich, während Holloway und Lian auf den Stühlen neben ihm Platz nahmen. Zwei Diener trugen geröstete Ente, dampfenden Reis und exotische Früchte auf. Es war ein Festmahl – für Menschen, die dem Tod nahe waren.

Sarafian nahm einen Schluck Wein und musterte Barton. „Sie müssen hungrig sein nach Ihrer kleinen Befreiungsaktion."

Barton lehnte sich zurück. „Ich habe keinen Appetit, wenn ich mit Mördern speise."

Sarafian lachte. „Kommen Sie, Inspektor. Sie sind schlauer. Dies ist kein gewöhnliches Schiff. Ich habe nicht vor, Sie zu töten – zumindest noch nicht."

„Dann sagen Sie mir, was Sie wollen."

Sarafian setzte sein Glas ab und faltete die Hände. „Shanghai ist ein Pulverfass, Inspektor Barton. Die Briten, die Chinesen, die Japaner – alle haben ihre Finger im Spiel. Die Stadt ist voller Spione, Verräter und Männer, die glauben, sie könnten das Schicksal lenken."

Er lehnte sich vor. „Aber das wahre Spiel wird nicht dort gespielt. Es wird hier entschieden. Auf See. Jenseits der Grenzen und Gesetze."

Holloway lachte trocken. „Und Sie halten sich für den Kapitän dieses Spiels?"

Sarafian lächelte kalt. „Ich bin mehr als das. Ich bin der Mann, der entscheidet, wer überlebt."

Barton kniff die Augen zusammen. „Und was ist die Rolle von Holloway in diesem ganzen Theater?"

Sarafian sah ihn mit belustigtem Blick an. „Mr. Holloway hat Informationen, die mich interessieren. Er weiß, wo sich die letzte Kopie der Phönix-Liste befindet."

Barton und Lian sahen sich überrascht an.

„Welche Kopie?" fragte Lian scharf.

Sarafian hob das Glas. „Die, die nicht im Hafen von Shanghai zerstört wurde. Die, die immer noch ein tödliches Geheimnis enthält."

Barton musterte Holloway. „Ist das wahr?"

Holloway seufzte. „Ich hatte meine Gründe, es nicht zu erwähnen. **Aber ja – es gibt noch eine Kopie."**

Sarafians Lächeln wurde breiter. „Und ich werde sie bekommen."

Lian Zhao warf ihre Serviette auf den Tisch. „Und wenn wir Ihnen nicht helfen?"

Sarafians Lächeln verschwand. „Dann wird dieses Schiff Ihr Grab sein."

Er klatschte in die Hände, und die Türen des Speisesaals öffneten sich. Bewaffnete Männer traten ein – mindestens zehn, alle mit Gewehren ausgerüstet.

„Ich werde es Ihnen einfach machen, Inspektor", sagte Sarafian. „Geben Sie mir, was ich will, und Sie können Shanghai wiedersehen. Weigern Sie sich – und wir beenden diese Reise in den Tiefen des Ozeans."

Barton sah sich um. Sie waren umzingelt. Aber er war nicht bereit, sich kampflos zu ergeben.

Er blickte zu Lian. Sie verstand ihn sofort. Es war Zeit zu handeln.

Plötzlich bewegte sich Lian Zhao blitzschnell. Sie griff nach einem Weinglas und warf es gegen eine der Öllampen an der Wand. Die Flammen loderten auf – Chaos brach aus!

Barton nutzte den Moment und warf sich auf den nächstgelegenen Wachmann, riss ihm das Gewehr aus der Hand. Schüsse krachten, Gäste schrien panisch. Holloway stieß den Tisch um, sodass er als Deckung diente.

Sarafian sprang auf, zog eine Pistole und feuerte auf Barton – doch er wich in letzter Sekunde aus.

Lian trat einen der Wachen mit voller Wucht gegen die Brust, während Holloway einen Stuhl nahm und ihn einem Gegner über den Kopf zog.

„Wir müssen hier raus!", rief Barton.

Aber Sarafian schrie: „Sperrt die Türen! Niemand verlässt diesen Raum!"

Zwei Wachen stürmten auf Barton zu. Er feuerte – einer ging mit einem Schrei zu Boden, der andere taumelte. Doch bevor er den Abzug erneut drücken konnte, fühlte er einen Schlag gegen seine Rippen.

Sarafian selbst hatte ihn getroffen.

Barton stolperte zurück, rang nach Atem. Sarafian hielt sein Messer an seine Kehle.

„Ich sagte doch", zischte er, „hier gibt es keine Gnade."

Doch dann – eine gewaltige Erschütterung!

Das ganze Schiff bebte. Schreie hallten durch die Korridore. Eine Explosion – irgendwo tief im Frachtraum.

Lian Zhao stieß einen der Wachen zur Seite und rief: „Das Schiff nimmt Feuer!"

Die „Celestial Dragon" neigte sich. Rauch quoll durch die Türen.

Sarafian fluchte. „Verdammt!"

Barton riss sich los, trat Sarafian gegen die Brust. Er taumelte zurück – direkt in die Flammen.

„Lauft!", rief Barton.

Doch die Gefahr war noch nicht vorbei.

Das Schiff brannte – und sie waren mitten im Inferno gefangen.

Kapitel 13

Kampf auf dem Dampfer

Das Deck der Celestial Dragon bebte unter der Wucht der Explosion. Rauch füllte den Speisesaal, während das Feuer sich an den holzgetäfelten Wänden ausbreitete. Inspektor Barton, Holloway und Lian stürzten sich in Deckung, während die Gäste in Panik aufsprangen. Gregor Sarafian taumelte zurück, seine feine Weste von Asche bedeckt, seine Augen funkelnd vor Wut.

„Ihr verdammten Narren!", brüllte er über den Lärm hinweg.

Doch Barton wusste: Das war ihre Chance.

Sarafians Männer waren abgelenkt, versuchten, das Chaos unter Kontrolle zu bringen. Rauch schlängelte sich durch den Saal, während Kellner und Gäste um ihr Leben rannten.

„Lauft!", rief Barton, griff Holloway am Arm und zog ihn in Richtung der Tür.

Lian trat einem der Wachmänner das Gewehr aus der Hand, packte es im Flug und feuerte gezielt auf einen anderen, der gerade nach seiner Waffe greifen wollte. Der Mann schrie auf und ging zu Boden.

„Das ist unsere einzige Gelegenheit!", rief sie.

Doch gerade, als sie durch die Türen stürmen wollten, füllten sich die Gänge mit weiteren Söldnern. Die Falle war nicht nur zugeschnappt – sie hatten sich mitten in den Rachen des Monsters gewagt.

Sarafian, von Flammen umgeben, richtete sich auf. Sein Gesicht war von Ruß geschwärzt, doch sein Blick blieb eiskalt. „Ihr kommt hier nicht lebend raus."

Dann zog er eine kleine Silberpistole, richtete sie auf Barton – und drückte ab.

Barton warf sich zur Seite, die Kugel zischte an seinem Kopf vorbei und schlug in eine Säule hinter ihm ein. Lian erwiderte das Feuer, während Holloway, immer noch geschwächt von seiner Gefangenschaft, eine umgestürzte Tischplatte als Deckung nutzte.

„Wir müssen nach oben!", rief Barton.

Lian nickte. „Zum Kapitänsdeck! Wenn wir das Schiff kontrollieren können, können wir hier raus!"

Holloway hustete. „Und was ist mit den zwanzig Männern zwischen uns und der Brücke?!"

Barton lud seine Pistole nach. „Dann müssen wir improvisieren."

Sie stürmten durch die Flure, während um sie herum das Chaos tobte. Passagiere versuchten, in Rettungsboote zu gelangen, doch das Feuer breitete sich schneller aus, als sie fliehen konnten. Die „Celestial Dragon" war ein sinkendes Labyrinth aus Flammen und Rauch.

Sarafians Männer waren überall, schossen aus den dunklen Ecken des Schiffes. Kugeln prasselten in die hölzernen Wände, während Barton und Lian sich in einen engen Gang warfen.

„Links oder rechts?", keuchte Holloway.

Barton riss eine Tür auf – ein Lagerraum. Er überflog die Kisten und entdeckte eine Notfall-Leiter, die direkt zur oberen Etage führte.

„Hier!", rief er.

Sie kletterten nach oben, während unter ihnen Schüsse hallten. Lian legte kurz an und erwischte einen der Verfolger, bevor sie durch die Luke schlüpfte.

Oben angekommen, erreichten sie das Promenadendeck, wo sich die Türen zur Kapitänsbrücke befanden. Ein heftiger Wind peitschte ihnen entgegen – über dem offenen Meer zog ein Sturm auf.

Doch sie waren nicht allein.

Drei von Sarafians Männer warteten bereits mit Gewehren.

„RUNTER!", brüllte Barton.

Sie warfen sich hinter einen Stapel Rettungswesten, während Schüsse über ihren Köpfen hinwegpeitschten.

Lian hechtete zur Seite, rollte sich ab und feuerte auf den nächsten Gegner. Kopfschuss.

Holloway, noch schwankend auf den Beinen, packte ein schweres Tau und schwang es wie eine Keule gegen einen der Männer, sodass dieser über das Geländer des Decks kippte.

Der letzte Gegner rannte auf Barton zu – ein massiger Mann mit einem Bajonett. Er riss das Messer nach vorne, doch Barton wich im letzten Moment aus, griff das Handgelenk des Mannes und rammte ihn mit voller Wucht gegen eine Metallstrebe. Der Angreifer röchelte, sackte dann bewusstlos zusammen.

„Weiter!", rief Lian.

Barton trat die Tür zur Kapitänsbrücke auf.

Die Brücke war ein eleganter Raum mit dunklem Holz und polierten Instrumenten. Große Fenster zeigten das tobende Meer, während der Dampfer sich bedrohlich auf die Seite neigte.

Und in der Mitte, mit gezogener Pistole, wartete Sarafian.

Er stand völlig ruhig, sein Blick berechnend. „Barton, ich gebe Ihnen eine letzte Chance. Arbeiten Sie mit mir – oder sterben Sie hier.“

Barton schnaubte. „Ich arbeite nicht mit Mördern.“

Sarafian lächelte dünn. „Dann bleibt mir nur, Sie zu bedauern.“

Er feuerte zuerst. Barton wich aus, während die Kugel die Glasscheibe hinter ihm durchschlug. Der Sturm heulte ins Innere, Regen und Wind peitschten herein.

Sarafian griff nach einem Säbel, der an der Wand hing – ein Relikt der alten Kolonialzeit. „Sie lieben doch Herausforderungen, Barton. Lassen Sie uns das auf die altmodische Weise klären.“

Barton zog sein Messer.

„Mit Vergnügen.“

Sarafian stürmte vor, der Säbel zischte durch die Luft. Barton parierte den ersten Schlag, doch die Wucht ließ ihn zurücktaumeln. Er wusste, dass er in einem echten Duell unterlegen war – Sarafian war ein erfahrener Fechter.

Lian und Holloway kämpften unterdessen gegen zwei verbliebene Söldner, während sich das Schiff immer weiter neigte. Der Boden vibrierte – irgendwo musste eine weitere Explosion das Schiff getroffen haben.

Barton wich einem weiteren Hieb aus, tauchte unter dem Säbel hinweg und rammte sein Messer gegen Sarafians Arm.

Gregor Sarfian keuchte auf, trat Barton mit einem Tritt gegen die Brust zurück.

„Sie kämpfen gut, Inspektor", zischte er. „Aber nicht gut genug."

Er stürzte sich erneut auf Barton, doch diesmal wich Barton nicht zurück. Er ließ Sarafian näherkommen – und im letzten Moment duckte er sich und riss ihm mit einem Haken den Säbel aus der Hand.

Sarafian taumelte.

„Das war's", sagte Barton und trat nach vorne.

Doch bevor er Sarafian fassen konnte, bebte das Schiff erneut.

Sarafian lachte. „Ihr seid alle tot. Das Schiff kann nicht mehr gerettet werden."

Lian riss die Tür auf. „BARTON! Wir müssen hier raus! JETZT!"

Sarafian griff nach einer Pistole auf dem Boden.

Barton reagierte instinktiv. Er packte ihn, wirbelte ihn herum und schleuderte ihn gegen das zerbrochene Fenster.

Sarafian taumelte, sein Blick von Schock erfüllt. Dann rutschte er ab.

Er fiel.

Sein Schrei wurde vom Sturm verschluckt, als sein Körper in die peitschenden Wellen stürzte.

Es war vorbei.

Holloway warf sich gegen die Tür. „Wir haben keine Zeit mehr! Das Schiff sinkt!"

Sie rannten. Wasser brach bereits in die Gänge ein, Flammen loderten an den Wänden. Die „Celestial Dragon" war nicht mehr zu retten.

„Die Rettungsboote!", rief Lian.

Doch viele waren bereits verschwunden oder zerstört. Nur ein einziges Beiboot hing noch an den Seilen über dem Wasser.

Barton sprang hinein, zog Holloway und Lian hinter sich her.

Er durchtrennte die Seile mit seinem Messer – das Boot stürzte in die Fluten.

Hinter ihnen brach das gewaltige Dampfschiff auseinander. Der Bug ragte steil auf, dann verschwand das Ungetüm in den schwarzen Wellen.

Barton sah zu, wie die Flammen auf den Wellen trieben.

Sarafian war tot. Das Spiel war vorbei. Sie waren am Leben.

Doch Barton wusste: Die Schatten von Shanghai würden sie nie loslassen.

Kapitel 14

Das sinkende Schiff

Das kleine Rettungsboot schwankte heftig, als es in die schwarzen Wellen stürzte. Wasser spritzte hoch, als es aufprallte, und für einen Moment schien es, als würden sie kentern. Doch Barton, Holloway und Lian Zhao hielten sich fest, während das Holzboot sich stabilisierte.

Über ihnen ragte der brennende Rumpf der Celestial Dragon bedrohlich in den Nachthimmel. Das gewaltige Dampfschiff neigte sich noch weiter auf die Seite, Flammen loderten aus den Bullaugen, während Metallstangen und Holzplanken ins Meer krachten.

Ein Monster, das in den Fluten versank.

Das Brüllen des Feuers wurde vom Donner übertönt. Der Sturm hatte sich intensiviert, und schwere Regentropfen klatschten auf ihre Gesichter.

Barton drehte sich um und sah, wie der Bug des Schiffes steil in die Höhe ragte. Das Wasser sog die „Celestial Dragon" unaufhaltsam nach unten. Schreie hallten über die Wellen – nicht alle hatten es geschafft, sich zu retten. Manche Männer klammerten sich noch an Wrackteile, während andere im Strudel des sinkenden Giganten verschwanden.

Dann, mit einem tiefen, krachenden Geräusch, das durch das Meer vibrierte, riss es das Schiff endgültig in die Tiefe.

Für einen Moment war alles still.

Nur noch das leise Prasseln der Flammen auf den letzten treibenden Trümmern und das leise Schlagen der Wellen gegen ihr Boot.

Sarafian war tot. Das Spiel war vorbei. Doch sie waren noch nicht sicher.

Barton nahm einen tiefen Atemzug, spürte, wie der Regen seine Kleidung durchweichte.

„Jeder in einem Stück?", fragte er, ohne den Blick von den Trümmern zu nehmen.

Holloway keuchte und hielt seine Rippen. „Wenn man von ein paar gebrochenen Knochen absieht, ja."

Lian schüttelte sich das Wasser aus den Haaren. „Wir sind am Leben. Das ist alles, was zählt."

Doch Barton wusste, dass sie noch nicht aus dem Gröbsten raus waren. Sie trieben mitten auf dem offenen Meer, ohne Vorräte, ohne Ruder – und ohne zu wissen, wo sie waren.

Holloway richtete sich langsam auf. „Sag mir, dass du einen Plan hast, Barton."

Barton spähte in die Dunkelheit. „Der Sturm wird uns treiben. Wir müssen hoffen, dass wir in Küstennähe bleiben."

Lian schloss die Augen für einen Moment, konzentrierte sich. „Wenn die Strömung uns in Richtung Westen zieht, könnten wir es nach Macau oder Hongkong schaffen. Aber wenn nicht…"

Niemand sprach aus, was „wenn nicht" bedeutete.

Barton warf einen Blick auf den Horizont. Die Wolken rissen langsam auf, und schwach schimmerten die ersten Anzeichen des Morgens durch den Nebel. Doch keine Spur von Land.

Er rieb sich das Gesicht. Das war nicht das Ende, das er erwartet hatte.

Die Schatten von Shanghai holen sie ein

Ein paar Stunden vergingen. Das Meer war ruhiger geworden, aber das kleine Boot trieb noch immer ziellos dahin.

Holloway hatte sich erschöpft zurückgelehnt, während Lian versuchte, sich einen Überblick über ihre Lage zu verschaffen.

Barton starrte ins Wasser. Und dann fiel ihm etwas auf.

„Seht ihr das?", sagte er plötzlich.

Lian folgte seinem Blick. Zwischen den treibenden Wrackteilen schwamm etwas.

Ein Körper.

Barton griff nach einem der losen Bretter, um sich näher heranzuziehen. Dann sah er das Gesicht.

Es war einer von Sarafians Männern. Der Ausdruck auf seinem toten Gesicht war eingefroren – doch das war nicht das Unheimliche. In seiner Hand hielt er etwas.

Ein Metallkästchen, kaum größer als eine Taschenuhr, mit einem gravierten Drachen auf dem Deckel.

Barton streckte die Hand aus und nahm es ihm ab.

Lian runzelte die Stirn. „Was ist das?"

Barton drehte es vorsichtig in der Hand. „Keine Ahnung. Aber es war ihm wichtig genug, um es bis zum Schluss festzuhalten.“

Er öffnete das Kästchen.

Drinnen lag ein einzelner, sorgfältig gefalteter Zettel. Die Tinte war verwischt, doch man konnte noch ein paar Worte erkennen.

„Das letzte Protokoll… Verrat in Macau… Der Drache wacht…“

Barton spürte, wie sein Magen sich zusammenzog.

„Verdammt“, murmelte er.

Holloway rieb sich die Augen. „Was? Was steht da?“

Barton faltete den Zettel auseinander. Das war keine gewöhnliche Nachricht. Es war eine Warnung.

„Sarafian war nur ein Teil des Spiels“, sagte er leise. „Aber es gibt noch jemanden, der das Ganze im Hintergrund gelenkt hat.“

Lian sah ihn an. „Und du glaubst, dass wir jetzt in sein Visier geraten sind?“

Barton schloss das Kästchen. „Ich glaube nicht. Ich weiß es.“

Licht in der Ferne

Plötzlich bemerkte Holloway etwas. „Da! Seht ihr das?!“

Barton folgte seinem Finger. Am Horizont bewegte sich etwas. Ein Licht. Und dann noch eins.

Ein Schiff.

„Sind das… Fischer?“, fragte Lian hoffnungsvoll.

Barton war sich nicht sicher. Er stand auf und winkte mit beiden Armen. „Hier drüben!“

Das Schiff kam näher. Es war ein mittelgroßes Fischerboot, vermutlich auf dem Weg nach Hongkong oder eine nahegelegene Insel.

Als es herankam, sahen sie, dass ein Mann mit einer Laterne an der Reling stand und sie musterte.

Barton spannte sich an.

„Er trägt eine Uniform", murmelte Lian.

Holloway kniff die Augen zusammen. „Ist das… die Royal Navy?"

Das Fischerboot legte an ihrem Rettungsboot an. Ein Seil wurde geworfen, und kurz darauf kletterte ein britischer Offizier in dunkler Marineuniform an Deck.

Er war groß, hatte ein wettergegerbtes Gesicht und scharfe, prüfende Augen.

„Edward Barton?", fragte er mit ruhiger Stimme.

Barton hob eine Augenbraue. „Haben wir uns irgendwo getroffen?"

Der Offizier lächelte schwach. „Nein. Aber Ihr Ruf eilt Ihnen voraus."

Er musterte die drei erschöpften Überlebenden. „Sie haben eine lange Nacht hinter sich."

Barton nickte langsam. „Und Sie sind…?"

Der Offizier trat näher und streckte ihm die Hand hin.

„Commander James Whitmore. British Intelligence."

Barton spürte, wie sich alles in seinem Kopf drehte.

British Intelligence.

Das bedeutete nur eins: Das Spiel war noch nicht vorbei.

„Ich denke, wir haben eine Menge zu besprechen, Inspektor", sagte Whitmore ruhig.

Barton sah zu Lian und Holloway. Beide nickten ihm zu.

Dann ergriff er Whitmores Hand.

Sie waren gerettet. Aber die Wahrheit lag noch immer verborgen.

Und vielleicht war Shanghai nicht das letzte Kapitel dieser Geschichte.

Kapitel 15

Die letzte Rettung

Das Brummen der Motoren des Fischerbootes hallte über das aufgewühlte Meer, während Barton, Holloway und Lian Zhao an Deck saßen und sich mit bereitgestellten Decken wärmten. Das Wasser in ihren Kleidern machte sie schwer, und der salzige Wind schnitt ihnen ins Gesicht. Doch es war ein erträglicher Schmerz – sie hatten überlebt.

Barton beobachtete Commander James Whitmore, der an der Reling stand und eine Zigarette entzündete. Die Flamme seines Streichholzes flackerte im Wind, bevor er tief inhalierte und sich zu ihnen umdrehte.

„Ihr habt ziemliches Chaos hinterlassen, Inspektor", sagte er ruhig.

Barton rieb sich das Gesicht. „Sarafian war ein Narr, der glaubte, er wäre unantastbar."

Whitmore nickte, sein Blick kühl. „Und doch war er nicht das Ende der Kette."

Barton zog die Stirn kraus. „Was wissen Sie?"

Whitmore trat näher, setzte sich auf eine der Holzbänke und blies eine Rauchwolke in die Luft. „Gregor Sarafian war mächtig, aber nicht die treibende Kraft. Er war nur ein Spieler in einem größeren Spiel."

Er zog ein zusammengefaltetes Telegramm aus seiner Manteltasche und reichte es Barton. „Das kam heute Morgen in Hongkong an. Es bestätigt das, was Sie vermutlich schon ahnen."

Barton nahm das Telegramm und glättete das Papier. Seine Augen huschten über die Zeilen.

„Operation Phönix abgeschlossen. Primärziel eliminiert. Sekundärziel in Macau aktiv.

Der Drache wacht."

Barton las die Nachricht zweimal. Dann sah er zu Whitmore. „Was bedeutet das?"

Der Brite ließ die Zigarette fallen und trat sie mit dem Absatz aus. „Das bedeutet, dass Gregor Sarafian nur ein Bigplayer war. Und dass jemand anderes seinen Platz bereits eingenommen hat."

Lian Zhao verschränkte die Arme. „Macau. Das war auf der Notiz in dem Kästchen."

Holloway stöhnte. „Ich hasse es, wenn ein Gegner fällt und zehn neue auftauchen."

Whitmore schüttelte den Kopf. „Es gibt nicht zehn neue. Es gibt nur einen. Und dieser eine war schon immer der wahre Strippenzieher."

Er ließ eine bedeutungsvolle Pause.

„General Akuma Kamizuru."

Barton spürte, wie sich seine Nackenhaare aufstellten. Kamizuru. Der japanische Schattenmann, der Gregor Sarafian oft begleitet hatte. Er war ein stiller Beobachter gewesen, nie direkt involviert – und doch immer präsent.

„Verdammt", murmelte Holloway. „Ihr wollt mir sagen, dass Sarafian nur ein Lakai war?"

Whitmore nickte. „Er hatte Geld, Einfluss. Aber Kamizuru hatte die wahre Macht.“

Lian Zhao presste die Lippen zusammen. „Und er ist in Macau.“

Whitmore stand auf. „Wir können euch dorthin bringen. Aber ihr solltet euch überlegen, ob ihr dort wirklich weitergehen wollt.“

Barton ließ das Telegramm sinken. Er dachte an die vergangenen Tage, an all die Toten, an das sinkende Schiff. Er hatte diesen Fall als eine einfache Rettungsmission begonnen. Doch nun war klar, dass es nie so einfach gewesen war.

Er sah Holloway an, dann Lian Zhao. Sie nickten ihm zu.

„Wir gehen nach Macau“, sagte er schließlich.

Whitmore musterte ihn mit einem leichten Schmunzeln. „Ich habe mir fast gedacht, dass Sie das sagen würden.“

Die Rückkehr nach Hongkong

Das Fischerboot brachte sie nicht direkt nach Macau, sondern nach Hongkong, wo Whitmore und sein Team operierten. Als sie den Hafen erreichten, wurde ihnen sofort medizinische Versorgung angeboten. Holloway ließ sich durchchecken, während Barton und Lian ihre Verletzungen selbst versorgten.

Die Straßen von Hongkong waren wie ein anderes Universum im Vergleich zu Shanghai. Westliche Kolonialbauten standen neben alten chinesischen Tempeln, Rikschas fuhren durch die engen Gassen, während britische Soldaten an den Ecken patrouillierten.

Whitmore brachte sie in ein sicheres Haus, ein kleines Anwesen in den Hügeln über dem Hafen. Dort konnten sie sich ausruhen – doch die Ruhe war trügerisch.

Am Abend saßen Barton, Lian und Holloway auf der Veranda und tranken Tee. Die Stadt unter ihnen leuchtete in der Dunkelheit, und das Meer glitzerte im Mondlicht.

Holloway lehnte sich zurück. „Weißt du, Barton, wir könnten jetzt einfach verschwinden. Vergessen, was passiert ist. In die Berge gehen, irgendwo in der Welt untertauchen."

Lian blickte auf ihr Teeglas. „Aber das werden wir nicht tun."

Barton lächelte leicht. „Nein. Weil wir wissen, dass es nicht vorbei ist."

Holloway lachte leise. „Ich wusste, dass du das sagen würdest."

Lian sah ihn an. „Wir müssen es beenden."

Barton nickte langsam. „Ja. Aber nicht heute."

ENDE

Biografie: Edward Barton (1890–?)

Frühe Jahre (1890–1908)

Edward Barton wurde am 01. Oktober 1890 in einem der ärmeren Viertel Londons geboren, nahe der Themse. Sein Vater, George Barton, arbeitete als Dockarbeiter, während seine Mutter, Elizabeth Barton, eine Näherin war. Edwards Kindheit war geprägt von den düsteren Schatten der Industrialisierung: der Nebel Londons, das ständige Pochen der Maschinen und das allgegenwärtige Gefühl von Gefahr. Schon als Junge hatte er einen außergewöhnlichen Sinn für Beobachtung und bemerkte Dinge, die anderen entgingen – wie die leisen Zwischentöne in einem Gespräch oder winzige Details, die jemand in einem Raum hinterließ.

Seine erste Begegnung mit dem Gesetz hatte er im Alter von 12 Jahren, als er Zeuge eines Einbruchs wurde und den Täter anhand einer ungewöhnlichen Schuhsohle identifizierte. Diese frühe Erfahrung weckte in ihm den Wunsch, eines Tages selbst die Wahrheit hinter solchen Ereignissen aufzudecken.

Ausbildung und erste Schritte (1908–1913)

Dank eines Stipendiums besuchte Barton das **King's College in London**, wo er Kriminologie und Psychologie studierte. Er war fasziniert von den neuen wissenschaftlichen Methoden, die in der Strafverfolgung aufkamen, wie Fingerabdrücke und Tatortanalysen. Er war jedoch ebenso überzeugt davon, dass Intuition und Menschenkenntnis genauso wichtig waren wie wissenschaftliche Beweise.

Nach seinem Abschluss trat Barton mit 23 Jahren der Scotland Yard bei. Aufgrund seines scharfen Verstandes und seiner unorthodoxen Methoden stieg er schnell auf und wurde Assistent von Inspektor Henry March, einer bekannten Persönlichkeit in der Londoner Polizeiszene. March wurde nicht nur zu einem Mentor, sondern auch zu einer Vaterfigur, die Barton stark prägte.

Erster Weltkrieg und die Jahre danach (1914–1919)

Mit Ausbruch des Ersten Weltkriegs 1914 trat Barton der britischen Armee bei und diente als Geheimdienstoffizier. Seine Fähigkeit, kleinste Details zu analysieren und Spuren zu deuten, machte ihn zu einem unverzichtbaren Ermittler hinter den feindlichen Linien. Doch der Krieg veränderte ihn. Die Brutalität und die Schrecken, die er auf den Schlachtfeldern von Flandern erlebte, verstärkten seine düstere, nachdenkliche Natur.

Nach dem Krieg kehrte Barton nach London zurück, wo er bei **Scotland Yard** eine Sonderstellung erhielt. Aufgrund seiner außergewöhnlichen Beobachtungsgabe und seiner Erfahrung mit ungewöhnlichen Fällen wurde er beauftragt, eine neue Abteilung für mysteriöse und schwer zu lösende Verbrechen aufzubauen. Diese „Spezialabteilung für besondere Ermittlungen" widmete sich Fällen, die andere Ermittler oft als unlösbar oder abwegig abtaten.

Barton wurde schnell bekannt für seine unorthodoxen Methoden, seine Fähigkeit, psychologische Profile zu erstellen, und seinen Mut, selbst die gefährlichsten Verbrecher zu jagen. Seine neue Rolle machte ihn zu einer Legende innerhalb von Scotland Yard, doch sie brachte auch viele Feinde mit sich – sowohl im Verbrechermilieu als auch innerhalb der Polizei selbst, wo nicht jeder seine Methoden schätzt

Trotz seines düsteren Charakters genoss Barton den Respekt und die Bewunderung seiner Kollegen, auch wenn er nie ganz Teil des gesellschaftlichen Lebens wurde. Seine Methode, die Wahrheit durch eine Kombination aus wissenschaftlicher Analyse, Menschenkenntnis und einem Gespür für das Unerklärliche zu finden, machte ihn einzigartig.

Das mysteriöse Verschwinden (1955)

In den späten 1955er Jahren zog sich Edward Barton aus der Öffentlichkeit zurück. Sein letzter bekannter Fall war die Aufklärung eines Mordes in einem Kloster in den Pyrenäen, ein Fall, der bis heute als eines seiner größten Mysterien gilt. Nach diesem Fall verschwand er spurlos. Einige sagen, er sei ins Ausland gegangen, um in Ruhe zu leben, andere behaupten, er sei in einem seiner Fälle umgekommen.

Edward Barton bleibt eine der faszinierendsten Figuren seiner Zeit – ein Mann, der das Dunkel der menschlichen Seele erkundete, während er von seinen eigenen Schatten verfolgt wurde. Bis heute ranken sich zahlreiche Mythen und Legenden um sein Leben und seine Fälle.

Danksagung

Ein Buch entsteht nie im Alleingang. Es ist das Ergebnis aus Gedanken, Gesprächen, Ermutigungen – und vor allem aus Menschen, die an einen glauben, wenn man selbst noch zweifelt.

Mein tiefster Dank gilt meiner Familie, die mir stets Rückhalt gegeben hat – in stillen Momenten genauso wie in stürmischen. Meinen Freunden danke ich für jede ehrliche Meinung, jede motivierende Geste und für all die Stunden, in denen sie mir zugehört haben, wenn ich wieder einmal über Plot, Figuren oder eine verrückte Idee gesprochen habe.

Meiner Freundin danke ich von Herzen – für ihre Geduld, ihre Liebe und dafür, dass sie mich immer wieder daran erinnert, warum es sich lohnt, Geschichten zu erzählen.

Und ganz besonders danke ich Mr Perfect – ohne deinen Rat, mit dem Schreiben von Romanen zu beginnen, hätte ich diesen Weg vielleicht nie eingeschlagen. Du hast eine Tür geöffnet, die ich selbst kaum gesehen habe. Danke, dass du an mich geglaubt hast, bevor ich es tat.

Dieses Buch ist für euch – denn ohne euch gäbe es diese Geschichte nicht.